십대 공감

사춘기 아이를 이해하는 새로운 소통법
십대 공감

초판 1쇄 발행 2011년 2월 16일
초판 5쇄 발행 2013년 8월 26일

지은이 손병일
펴낸이 고영은 박미숙

편집이사 인영아 | 편집장 이준희
뜨인돌기획팀 박경수 강은하 김현정 김영은 장은선 홍신혜
뜨인돌어린이기획팀 이경화 여은영 | 디자인실 김세라 오경화
마케팅팀 이학수 오상욱 진영수 김은숙 | 총무팀 김용만 고은정

펴낸곳 뜨인돌출판(주) | 출판등록 1994.10.11(제2011-000185호)
주소 121-896 서울시 마포구 성미산로 6길 45
홈페이지 www.ddstone.com | 블로그 blog.naver.com/ddstone1994
대표전화 02-337-5252 | 팩스 02-337-5868

ISBN 978-89-5807-320-8 03810
(CIP제어번호 : CIP2011000431)

십대 공감

사춘기 아이를 이해하는 새로운 소통법

손병일 지음

뜨인돌

추천의 글

체벌이나 강요가 아닌,
대화로 소통하는 힘을 보여 주는 책

이영미 | 교사, 『십대, 지금 이 순간도 삶이다』 저자

'오고 싶은 학교, 즐거운 학교.'

내가 교사 대상으로 연수를 하는 주제다. 많은 교사들이 묻는다. 아이들이 오고 싶은 즐거운 학교를 만들어야 하는 것도 맞지만, 교사들이 오고 싶은 즐거운 학교는 어디에 있고 누가 만들어 주느냐고 말이다.

학교는 학생만으로도 존재할 수 없고 교사만으로도 존재할 수 없는, 학생과 교사가 공존해야 하는 공간이다. 그런 학교에서 한쪽만 즐겁고 행복할 수는 없다. 함께여야 한다.

20년이 넘는 교직 생활을 하면서 얻은 교훈이 있다면 교사가 행복해야 한다는 것이다. 그리고 교사의 행복은 학생을 떠나서는 절대 불가능하다. 교사는 아이들과 더불어, 아이들을 통해 행복해질 수 있다. 내가 이 책을 읽으며 내린 결론은 '손병일 선생님은 행복하시구나' 하는 것이다.

교사에게 중요한 것은 학생에 관한 '관심'이다. 관심은 아이를 아주 섬세한 감정과 날카로운 이성으로 관찰하게 만들고, 그 관찰 결과를 마음에만 담아 두지 않고 기록하게 만든다. 그래서 교사에게 '기록'은 그 자체가 교육이라고 말할 수 있다. 이 책은 아이들을 향한 손병일 선생님의 관심, 관찰, 기록이다. 그러기에 그것은 교육이고 또한 사랑이다.

"내 아이지만 도대체 무슨 생각을 하는지 알 수가 없어요. 정말 저 아이 머릿속에 한번 들어가 보고 싶어요"라고 말하는 많은 부모님들은 이 책에 등장하는 아이들을 통해 내 아이의 모습을 반추해 볼 수 있을 것이다.

글을 읽다 보면 누구에게 하는 이야기일까 싶을 때도 종종 있었다. '아이들과 눈높이가 맞나?' 혹은 '이런 말을 아이들이 알아들을까?' 싶은 대목이 나올 때였다. 그럴 때는 고개를 갸웃

거리며 다시 읽어 보았다. 그러다 보니 새삼 깨닫고 고개를 끄덕이게 되는 게 있었다. 어쩌면 그것은 선생님이 자신에게 하는 말이란 생각이 들었다.

아이들과의 시간에서 가장 중요한 것은 교사가 아이들을 받아들이고 인정하고 내면화하는 과정인데 이게 이루어지지 않으면 아이들에게는 잔소리로만 들린다. 그런 아이들을 보며 교사는 '요즘 아이들은 도저히 이해할 수가 없어'라는 말로 도움주기를 포기하게 된다. 부모님뿐 아니라 교사들 역시 아이들 머릿속이 궁금할 때가 있는 법이니까 말이다.

그런 면에서 손병일 선생님은 깊이 있는 대화를 통해 아이들의 상황과 문제를 들여다보고 '아이들을 어떻게 도와줄 것인가'에 관한 심도 있는 모색을 하고 있음을 느낄 수 있었다. 이 책은 아이들에 대한 기록이지만 선생님 자신에 대한 기록이기도 하다는 점에서 부모님들에게 큰 의미를 주리라 생각한다.

중학교 3학년인 딸아이와 함께 원고를 읽었다. 책을 다 읽은 아이가 내게 말했다.

"읽으면서 계속 느낀 건데, 이 책에 나오는 아이들은 말로 하면 알아듣는군요. 문제를 일으키는 아이들 중에 말로 통하는 아이는 잘 없던데…."

글이라는 한계로 인해, 실제 상황에서 이루어진 모든 것이 이 책에 다 전달되지 않았을지도 모른다. 아이들과 대화를 나누는 동안 주고받은 시선, 몸짓 등 말이다. 그래서 아이는 '말만으로는 안 되지 않을까' 하는 의구심을 가지게 되지 않았을까.

하지만 나는 이 책에 담긴 따사로움을 느끼고, 우리 교육의 미래에 대한 희망을 확신한다. 나 역시, 말조차도 필요 없는 소통이 가능하다는 것을 20년 넘게 아이들로 인해 경험하고 살고 있는 사람이기에 이것이 바로 우리 교육이 나아가야 할 방향이라 생각한다. 그래서 이 책을 통해 많은 부모님들과 선생님들이 아이들과 소통하는 법을 배웠으면 한다. 체벌이나 강요가 아닌, '말'로도 충분히 통할 수 있는 교사와 아이들. 그것이 가능하다는 것을 보여 주는 선생님의 글이 너무도 감사하다.

너 '깍두기' 할래?

무를 작고 네모나게 썰어서 고춧가루에 버무려 만든 김치를 깍두기라고 한다. 깍두기는 본래 김치를 담글 때 무로 채를 썰다가 남은 조각들을 일컫는 말이었다. 얼핏 보면 쓸모없게 느껴질 수도 있지만 결코 그렇지 않다. 무 조각들을 모아서 양념을 버무리면 배추김치 저리 가라 할 정도로 맛있는 음식이 되기 때문이다. 특히 요즘 아이들에게는 배추김치보다 더 사랑받는 음식이 바로 깍두기다.

쓸모없어 보이지만 결코 버려서는 안 되는 존재라는 의미를 갖고 있는 깍두기. 어렸을 적 친구들과 사방치기, 술래잡기 등의 놀이를 할 때도 늘 깍두기가 있었다. 편을 정할 때 맨 마지막에 남은 한 명이 깍두기가 되었다. 몸이 약해서 놀이를 잘 못한다거나, 나이가 어리지만 함께 놀고 싶은 의지가 가득한 아이도 흔쾌히 깍두기로 껴 주곤 했다. 깍두기가 된 아이는 이쪽 편에 가도 좋았고 저쪽 편에 가도 좋았다. 놀이의 승패에 영향을 주지는 못했지만, 그렇기 때문에 어느 편에서도 배척하지 않았다. 오히려 깍두기가 자기편으로 들어오면 다 같이 환영해 주었다. 아이들의 놀이가 아직 놀이였을 때, 꼭 이겨야 하는 경쟁이 아니었을 때, 깍두기는 누구도 불편하게 만드는 존재가 아니었다.

그러나 언젠가부터 아이들의 놀이에서 깍두기가 사라졌다. 태어난 순간부터, 아니 엄마 배 속에서부터 경쟁을 배우는 요즘 아이들은 '세상은 이긴 자만을 기억한다'는 가치를 세뇌당한다. 한 발 더 나아가 이제 우리 사회는 '이긴 자만이 살아남는다'는 가치가 지배하는 곳이 되어 버렸다. 그러다 보니 아이들은 이제 경쟁에 뒤처진 친구를 견디지 못한다. '여기까지'라고 선을 그어 놓고서 승리에 도움이 되지 않는 친구는 선 안으로 들어오지 못하게 한다.

요즘은 운동장이나 놀이터에서 노는 아이들의 모습을 보는 것이 신기하게 느껴질 정도다. 컴퓨터 앞에 앉아 온라인이라는 광범위한 세계에 빠져 있는 모습이 오히려 더 익숙하다. 자기만의 세계에 갇혀 있는 온라인 세계에서는 애초부터 '깍두기'가 존재할 만한 공간이 없다. 이제 깍두기라는 말은 식탁 위에서만 존재할 뿐, 아이들의 놀이 문화에서는 더 이상 찾을 수 없게 되었다.

깍두기가 사라진 그 자리에 사뿐히 내려앉은 이름은 무엇인가? 토종 개구리들을 몰아내고 전국의 강과 연못을 점령한 황소개구리처럼 우리 아이들의 교실을 초토화시킨 언어는 바로 '왕따'다. 지금도 수많은 교실에서 왕따를 당하며 상처받고 있을 아이들을 떠올리면 마음이 캄캄한 어둠에 휩싸인다. 영원히 걷히지 않을 듯한 안개 속에서 몸서리치고 있을 아이들의 떨림이 내 가슴을 짓누른다.

깍두기를 받아들이지 못하는 아이들은 마음속에 이미 선을 그어 놓은 아이들이다. 공부를 못하거나, 뚱뚱하거나, 왜소하거나, 운동을 못하거나, 못생기거나… 요즘 아이들은 친구의 부족한 모습을 견디지 못한다. '찌질한' 존재라고 놀리거나 무시하며 때로는 이유 없는 증오에 가득 차 온갖 분노와 미움을 터뜨리기도 한다. 이 아이들이 찌질한 친구를 견디지 못하는 이유는 아이러니하게도 매우 단순하다. 자기 안의 찌질한 모습을 견디지 못하고 있기 때문이다.

- 특목고를 갈 수 있는 상위 1%에 들지 못하면 패배자가 된다.
- 평균 90점을 넘지 못하면 정규직은 꿈도 꾸지 못할 것이다.
- 서울에 있는 대학교에 합격하지 못하면 인생의 낙오자가 된다.

부모와 교사, 사회로부터 강요된 경쟁의식이 내면화된 아이들은 상위 1%에 들지 못하는 자신에게, '인 서울' 하지 못하는 자신에게, 평균 90점도 안 나오는 자신에게 절망하고 스스로를 패배자로 낙인찍는다.

완벽하지도 않고 잘나지도 않은 자신의 모습이 문제가 되지 않는 아이라면 타인의 실수와 부족함이 불편하지는 않을 것이다. 하지만 완벽하지 않은 모습을 끝없이 질타당한다면 어떠하겠는가. 우리 사회는 아이들에게 말한다. 자기 모습을 부족하다 여기고 '나는 아직 모자라다'고 스스로를 탓해야 한다고. 그래야 좋은 대학교에 들어가고 연봉이 높은 회사에 들어가고 남부럽지 않은 배우자를 만나 결혼한다고. 그래야 찌질한 어른이 되지 않는다고.

언젠가부터 최선을 다했다는 칭찬은 사라지고, 최고가 되어야 한다는 잔소리가 아이들을 가두고 있다. 그러니 자신의 못난 부분을 있는 그대로 긍정하지 못하는 아이들이 타인의 못난 모습을 받아들이지 못하는 것은 당연한 결과인지도 모른다.

영화 〈매그놀리아〉의 감독 폴 토머스 앤더슨은 '가장 힘든 것은 사람이 사람으로 사는 것이다'라고 말했다. 학교에서는 하루가 멀다 하고 사건·사고가 터진다. 급식 지도하던 담임 선생님 앞에서 국자를 집어던지고, 반 친구에게 기분 나쁜 놈이라며 라이터로 급소에 불을 지르려 했던 일도 있다. 창문 난간에 올라 운동장으로 뛰어내리겠다고 난동을 부리는 녀석도 있었다.

지금 아이들과 교사에게 가장 어려운 일은 서로를 사람으로 대하는 일인지도 모른다. 아이들은 대체 얼마나 사람대접을 받지 못했기에 그런 괴물로 변해 버린 것일까. 그건 그들이 십수 년 동안 이런 말을 들으며 살아왔기 때문일 것이다.

공부를 못하면, 일류 대학에 가지 못하면, 돈 잘 버는 직업을 갖지 못하면 사람도 아니다.

이 책은 '아이들이 사람으로 사는 길은 무엇일까'라는 질문에서 시작되었다. 답을 찾기 위해 1학년 1학기부터 3학년 2학기까지 중학교 교실에서 벌어지는 일들을 낱낱이 그려 보는 작업이 필요했다. 인체를 해부하듯 중학교 생활을 해부하다 보니 가장 아픈 곳부터 들여다보게 되었다. 자연스럽게 사건·사고를 많이 일으킨 아이들이 주요 등장인물이 되었다. 의사가 가장 아픈 곳부터 치료하듯이 나 역시 가장 아픈 아이들의 마음부터 살피게 된 것 같다. 각각의 이야기는 실제로 일어난 일을 바탕으로 하지만 부분적으로 인용하거나 재구성되었고, 아이들의 이름은 모두 가명이다.

글을 읽으며 평범하지 않은 녀석들의 이야기일 뿐이라고 생각하는 독자들도 있을 것이다. '요즘 아이들이 정말 이럴까?' 놀라움을 느끼는 독자들도 있을 것이다. 물론 책에 나오는 중학생들의 모습이 요즘 청소년들의 전부라고 볼 수는 없다. 이것은 소위 '골칫덩어리' '문제아'로 불리는 아이들의 이야기다. 모두의 눈에 띄지는 않아도 한 반에 서너 명은 꼭 있을 법한 아이들 말이다. 나는 이 아이들이 자신의 못난 모습을 미워하지 않고, 스스로 자신의 상처와 고민을 치유할 수 있는 힘을 키울 수 있도록 돕고 싶었다.

따라서 소통의 통로를 잃어버리고 고립된 관계에 갇혀 있는 아이들의 모습을 생생하게 담고자 했다. 그리고 작지만 따듯한 마음의 '숨통'을 찾을 수 있도록 돕고 싶었다. 이 책이 들려주는 이야기가 자신의 이야기라면 위안을, 가까운 친구나 형제의 이야기라면 이해와 배려를, 내 아이의 이야기라면 사랑을 얻을 수 있기를 바란다. 이 책을 통해, 요즘 아이들은 대체 왜 이러는지 모르겠다는 푸념 대신 따듯한 마음으로 아이들에게 새로운 희망을 느끼게 된다면 더 없이 감사할 뿐이다.

이 책은 무수한 깍두기들의 이야기다. 아니 깍두기가 되지 못한 깍두기들의 이야기다. 나는 이런 아이들을 간절히 보고 싶다. 자기 자리에 처박혀서 핸드폰만 골몰히 쳐다보고 있는 아이, 운동장 구석에 쪼그려 앉아 있는 아이, 타인과 관계를 맺는 것을 극도로 두려워하는 아이에게 이렇게 말을 걸어 주는 아이들 말이다.

"너 깍두기 할래?"

"못해도 괜찮아. 우리 편에 와도 좋고 재네 편에 가도 좋아. 너는 깍두기니까."

contents

1학년 1학기

마음속 고통을 마주하게 될 때

어린 시절 상처에 갇힌 아이

어린 시절 상처에 갇힌 아이

어느 봄날, 막 꽃망울이 움트는 나무들을 보면서 나는 이런 의문에 빠져들었다.

'왜 꽃은 아름다우면서 향기롭기까지 할까?'

누군가는 참 어이없는 궁금증을 품고 산다며 나를 한심해할 것이고, 누군가는 꽃이 나비를 끌어들여서 유전자를 번식하는 것도 모르느냐며 나를 비웃을 것이다. 어쨌든 꽃이라는 매개물 속에서 아름다움과 향기로움은 함께한다.

3월 2일, 담임을 맡게 된 1학년 3반 교실에는 꽃다운 열네 살 이칠청춘二七青春들이 앉아 있었다. 하지만 몇몇을 제외하고는 결코 꽃답지 않은 모습들이었다. 이미 오래전에 미래를 체념해 버린 듯 암울하고 기진맥진한 얼굴들. 아이들의 얼굴은 향기를 잃어버린 꽃 같았다.

며칠 후 나는 교정을 걷다가 보도블록 옆에 줄지어 있는 은행나무 앞에 멈춰 섰다. 학교는 방학 동안 담을 허물고 철조망으로 울타리를 새로 높이 세우는 공사를 한 상태였다. 은행나무는 울타리에 거치적거리던 가지들이 가차 없이 잘려 나간 채로 기우뚱하게 서 있었다. 가지의 절반을 잃어버린 채 위태롭게 서 있는 나무는 꼭 우리 반 아이들을 닮아 있었다.

사람에게 '진화'는 곧 '배움'을 얻는 것이다. 동서고금의 스승들이 말하길, 배움이란 본래 세상에서 가장 재미있고 신나는 일이라고 했다. 사람은 무언가를 배움으로써 내면이 더 풍요로워지고 영혼이 지혜로워진다고 말이다. 하지만 지금 우리나라 청소년들은 시험 준비 때문에 배움을 잃어버리고 있다. 아이들에게 공부의 세계는 곧 지옥의 세계나 마찬가지다. 처음 마주한 우리 반 아이들의 모습이 그러했다. 새로운 학교, 새로운 친구들, 새로운 시작에 대한 기대는 찾아볼 수 없었다. 자신의 등짝을 짓누를 어마어마한 학습량에 벌써부터 질린 모습들이었다.

그중 미나라는 아이가 유독 눈에 밟혔다. 맨 뒷자리에 비딱하게 앉아 있는 미나는 쓸쓸해 보였다. 공부에 지친 표정은 아니었고 그렇다고 반항기 가득한 표정도 아니었다. 그저 뭐랄까, 초등학교 6년 동안의 고단한 삶이 고스란히 담겨 있는 듯

한 무기력한 모습. 은행나무의 마른 가지보다도 더 바싹 비틀어져 보이는 미나는 어떠한 아이일까? 사실은 궁금한 마음 너머, 과연 이 아이와 한 해를 잘 헤쳐 나갈 수 있을까 염려부터 들었다.

알고 보면 목화솜 같은 소녀

3월 둘째 주 체육 시간. 미나는 수업이 시작되었는데도 은주와 진지한 표정으로 이야기를 나누고 있었다. 조별로 줄넘기 연습을 시킨 후에도 미나와 은주는 대화의 끈을 놓지 않았다. 십 분쯤 지켜보던 나는 도대체 무슨 일 때문에 저러고 있나 싶어 천천히 다가갔다. 등지고 서 있던 은주 얼굴이 시야에 들어오자 나는 황급히 돌아섰다. 은주의 눈이 벌겋게 충혈되어 있었기 때문이었다.

여학생들 사이에 왕따가 일어나고 있다는 걸 직감할 수 있었다. 1학년 담임을 맡을 때마다 심심찮게 일어났던 왕따 사건이 몇 해 전부터는 아예 연례행사가 되어 갔다.

"너희들, 줄넘기 연습 안 하고 뭐하니? 빨리 자기 조 찾아서 연습해."

은주의 얼굴을 못 본 체하고 일단 그 자리를 뜬 나는 수업이 끝난 후 미나를 따로 불렀다. 자초지종을 들어 보니 역시나, 예상대로였다. 은주의 왕따를 주도한 아이는 명희였다. 명희와 예은, 윤아, 소현, 미나는 1학년이 되자마자 친해진 아이들이었다. 은주가 장난삼아 소현이를 자꾸 놀린 게 사건의 발단이었다. 그 모습을 불만스럽게 여긴 명희가 은주를 모른 체하기 시작했고, 다른 아이들도 합세한 거였다. 은주는 K초등학교에서 혼자 입학한 아이였고 다른 아이들은 S초등학교 출신들이었기 때문에 은주가 받았던 충격은 더 컸다.

체육 시간 전에 은주가 소현이에게 사과를 했는데도 명희가 이를 용납하지 않았다. 결국 왕따가 계속되었고, 절망에 빠졌던 은주가 감정을 주체하지 못하고 눈물을 흘린 것이었다. 그러다가 수업 시작종이 울렸고, 우는 은주를 본 미나가 수업 시간이라는 사실도 잊은 채 이야기를 들어준 모양이었다.

이는 학교에서 좀처럼 보기 힘든 장면이었다. 다른 사람의 일에 관심을 갖지 않는 대부분의 아이들은 은주를 본체만체하고 수업에 늦지 않으려 재빨리 뛰어갔다. 하지만 미나는 수업이 시작되었거나 말거나, 울고 있는 은주를 걱정해 주고 있었다. 다음 날, 조회가 끝난 후 미나를 불러 이야기를 나누었다.

"미나야, 선생님은 당분간 모른 체하는 게 좋을 거 같다. 일단 네가 계속 은주 편이 되어 주면 좋겠어. 그럴 수 있겠어?"

"그럼요, 선생님. 그럴게요."

미나가 쉽게 대답할 수 있었던 건, 미나를 따돌릴 만큼 기가 센 아이가 반에 없었기 때문이기도 했다.

"선생님이 더 지켜볼 건데, 명희가 심하게 은주를 따돌리면 네가 넌지시 담임 선생님이 아는 거 같다고 말해 줘."

그렇게 나와 미나는 비밀을 공유하며 우리만의 친밀감을 형성하게 되었다. 사실 미나는 전교생이 알 만큼 유명한 지각대장이었고 수업 준비물도 잘 챙겨 오지 않았다. 그런 미나가 은주의 상처를 보듬어 주는 장면은 내게 많은 생각 거리를 던져 주었다.

미나는 어느 별에서 왔느냐고 묻고 싶을 정도로 제멋대로인 아이였다. 수업 시작종이 울렸으니 수업을 받아야 한다거나, 지각하지 않고 학교에 와야 한다는 등의 관념이 약했다. '학생은 이래야 한다'는 규칙 앞에 온전히 자유로운 영혼인 것처럼 느껴졌다. 하지만 은주의 이야기를 귀담아 들어주던 미나는 내가 알던 아이가 아니었다. 내게 그러한 미나는 '발견'과도 같았다. 진심으로 친구의 아픔을 함께하는 얼굴이었기 때문이다.

공감과 위로. 은주는 미나에게서 지금 자신에게 가장 필요한 도움을 얻을 수 있었다. 미나 덕에 은주는 왕따 사건을 해결할 용기를 얻었고, 며칠 후 은주는 명희를 비롯한 다른 아이들과 화해했다. 내게 이 사건은 놀라운 아이러니였다. 미나의 무방비함이 은주의 영혼을 구했다는 것이 말이다.

중학교 생활? 그냥 견디는 거지, 뭐

아침독서가 이루어지는 교실 안은 매우 조용했다. 아이들은 무기력하게 책을 펼쳐 들고 활자를 쫓거나 멍한 얼굴로 한곳에 시선을 고정하고 있었지만, 어쨌든 정숙한 분위기였다. 하루도 빼먹지 않고 지각을 하던 미나가 8시 40분에 교실로 들어왔다. 5분밖에 늦지 않았으니 나름 일찍 오려고 노력한 모양이었다.

"미나, 어제 왜 청소 안 하고 도망갔니? 너 벌써 이틀째 도망이야."

"선생님, 청소 일주일에 한 번씩 하는 거 아니었어요?"

미나는 황당한 말을 하면서도 순진한 웃음을 짓고 있었다. 웃는 모습은 참 무구한 아이였다.

"야, 이 녀석아! 벌써 4월이야. 아직도 청소를 조별로 일주일씩 맡아 하는 거 모르면 어떡해? 오늘도 도망가면 혼난다. 일단 들어가서 독서해."

미나는 배시시 웃으며 자기 자리로 들어갔다. 침묵이 다시 교실로 다소곳이 내려앉았다.

일주일 전에 실시했던 인성 검사에서 미나는 심한 인터넷 중독으로 나왔다. 미나는 밤늦게까지 온라인 채팅 사이트에서 친구와 대화를 나누다가 잔다고 했다. 물론 지각이 잦은 이유는 그것 말고도 많을 것이었다.

자리에 앉은 미나는 책을 꺼낼 생각도 하지 않고 핸드폰을 꺼내 친구와 문자를 주고받았다. 문자 중독도 심한 것 같았다. 내 시선을 느낀 미나는 슬그머니 핸드폰을 호주머니에 넣었다. 그러나 무료하게 앉아 있는 상태를 견디지 못하고 교실 밖으로 나갔다 들어오기를 반복했다. 미나가 뒷문으로 나갔다가 들어오는 행동이 세 차례가 넘었을 때, 나는 더 이상 참을 수가 없어 호되게 소리를 쳤다.

"미나, 앞으로 나와!"

엄한 목소리에 놀란 미나가 쭈뼛거리며 걸어 나왔다.

"선생님이 그동안 얼마나 좋게 말했어? 사람이면 좀 알아들어야지. 허구한 날 지각하고, 청소 안 하고 도망가기나 하고, 친구 핸드폰 빌려 쓰다가 뺏기고. 이제는 그것도 모자라서 독서 시간에 자기 마음대로 돌아다녀? 너 생각이 있는 녀석이야 없는 녀석이야?"

미나는 잔소리에 이력이 난 아이처럼 무표정한 얼굴로 눈을 내리깔고 있었다. 그 모습에 더 화가 치밀어 올랐다. 찻주전자처럼 끓어오르던 내 가슴을 진정시켜 준 것은 며칠 전에 읽었던 『폭력 없는 미래』(마이클 네이글러 지음, 이창희 옮김, 두레, 2008)의 한 구절이었다.

비폭력은 가끔 효과가 있으며 궁극적으로 항상 효과가 있다. 반면 폭력은 가끔 효과가 있고 궁극적으로 전혀 효과가 없다.

언어폭력 또한 폭력임에 분명했다. 언어폭력은 종종 아이들에게 체벌보다 더 상처를 주는 것이기도 했다. 나는 책의 제목이기도 한 '폭력 없는 미래'를 꿈꾸며 야단을 그치고 미나를 자리로 돌려보냈다.

미나는 다음 날부터 더 늦게 왔다. 일찍 와 봤자 독서 시간에 혼나기만 한다는 걸 알았는데 왜 일찍 오겠는가. 미나는 '폭력은 궁극적으로 전혀 효과가 없다'는 말을 증명해 주었다. 미나의 부적응은 계속되었다. 특히 핸드폰 문자 중독은 심각해서 수업 시간에 문자를 보내다가 밥 먹듯이 핸드폰을 뺏겼다. 더 문제가 됐던 건 친구에게 빌린 핸드폰을 뺏겨서 죄 없는 아이들에게까지 피해를 준다는 거였다.

문자 중독인 미나는 보름도 지나지 않아서 핸드폰 정액 요금을 다 써 버렸다. 그럴 때마다 미나는 아편 중독자처럼 절박한 얼굴로 복도에서 마주친 아이들 아무한테나 핸드폰을 빌려 달라고 했다. 마음 약한 아이들은 일진과 어울려 다니는 미나의 부탁을 들어줄 수밖에 없었다. 5반 지영이도 그렇게 피해를 입은 아이였다. 미나는 국어 시간에 지영이의 핸드폰을 뺏겨서 일주일 동안 압수를 당했다. 나는 그 사실을 이틀 뒤 지영이의 할아버지로부터 전화를 받은 후에 알게 되었다. 종례 후에 미나를 불러서 그 문제에 대해 차근차근 대화를 나누던 나는 미나의 부실한 사고력에 큰 충격을 받았다.

"미나야, 지영이 핸드폰을 국어 선생님께 뺏긴 건 지영이가 잘못한 거니, 네가 잘못한 거니?"

내가 생각하기엔 이보다 더 쉬운 질문이 없을 것 같은데, 미나는 배시시 웃으며 잘 모르겠다는 표정을 짓고 있었다. 나는 그것이 미나가 6년간의 초등학교 생활을 통해서 터득한 방어기제일 거라고 생각했다. 미나는 그 해맑고 순진한 웃음으로 수많은 위기를 모면했을 것이다. 내가 정색하며 다시 물었다.

"네가 잘못해서 핸드폰 뺏긴 거 맞지?"

미나가 마지못해서 고개를 끄덕였다.

"자, 그럼 이제 어떻게 해야 할까? 지영이 핸드폰 대신 네 핸드폰을 국어 선생님께 맡기는 게 맞겠지, 그렇지?"

미나가 당혹스러운 표정으로 말했다.

"선생님, 그렇게 하지 말고 제 핸드폰을 지영이한테 빌려 주면 안 돼요?"

"네 핸드폰은 정액 요금을 다 써서 문자도 안 된다면서? 너 아직도 네가 무슨 잘못을 했는지 모르겠니?"

"글쎄, 잘…."

"너 정말 제대로 혼나야겠구나. 친구 핸드폰을 며칠 동안 뺏어 놓고 뭘 잘못했는지도 몰라? 안 되겠다. 부모님을 만나야겠어!"

미나는 부모님이라는 말을 듣고 나서야 꼬리를 내렸다.

"일단 국어 선생님께 가서 네 핸드폰을 갖다 드리고, 지영이 핸드폰 받아 와. 알겠어?"

미나는 풀이 죽은 모습으로 돌아갔다.

어디든, 도망갈 수 있는 곳으로

하루는 9반 담임 선생님으로부터 전화가 왔다. 9반 학생인 민구가 어떤 여학생에게 핸드폰을 빌려 줬는데 일주일째 돌려받지 못했다고 하소연을 했다는 것이다. 인상착의를 듣고 1학년 교실을 전부 찾아보니 그 아이가 바로 미나인 것 같다고 했다. 나는 점심시간에 미나를 교무실로 불렀다.

"미나 너, 또! 친구 핸드폰 쓰고 안 돌려줬다면서? 어떻게 된 거야?"

"민구한테 빌려 쓰고 명희한테 갖다 주라고 했는데. 명희가 안 줬나 봐요."

"그럼 명희는 빼고 생각해 보자. 일단 네가 잘못한 거야, 민구가 잘못한 거야?"

"…제가요."

지영이의 핸드폰을 뺏었을 때보다 좀 더 일찍 잘못을 시인한 것은 미나 나름의 발전이었다. 하지만 미나는 그 사건 때문에 매일 점심시간마다 9반 담임 선생님에게 지도를 받고, 쉬는 시간과 방과 후에는 내게 독서 지도를 받았다. 그러던 중 또다시 말썽을 일으켰다. 복도를 지나가던 후배의 핸드폰을 빌려서 문자를 보낸 것이다. 미나는 이 일로 생활지도부에 신고까지 당하게 되었다.

미나의 무책임성은 어디에서부터 비롯된 것일까. 왜 미나는 자기 자신을 통제할 수 없는 것일까. 나는 미나가 할머니와 함께 살았던 '다섯 살'에 머물고 있다는 생각이 들었다. 무언가를 스스로 판단하고 책임지지 않아도 할머니에게만큼은 모든 응석을 부릴 수 있었을 것이다. 그 시절에 고착된 버릇이 뿌리 깊게 미나를 지배하고 있을지도 모르는 거였다. 나는 미나의 '다섯 살'을 헤아리면서 대화를 하기로 했다.

"자, 미나야. 네 핸드폰은 정액 요금을 다 써서 문자 보내려면 핸드폰을 빌려야 되는 상황이야. 누구한테 빌려야 할까?"

"친한 친구한테요."

"그렇지! 그런데 친한 애들이 없어. 그럼 어떻게 해야 되지?"

"빌려서 그 자리에서 쓴 다음에 돌려줘야죠."

"그래, 그런데 한 가지 기억해야 할 게 있어. 미나가 모르는 애한테 핸드폰을 빌려서 문자 보내는 건 그 애한테 10원을 뺏는 거랑 똑같은 거야. 그러니까 앞으로 처음 보는 애한테 핸드폰을 빌려 쓸 때는 10원을 주면서 부탁하도록 해, 알겠지?"

미나가 웃으며 고개를 끄덕였지만 버릇은 쉽게 고쳐지지 않았다. 빈도가 줄어들었을 뿐, 미나는 여전히 친구의 핸드폰을 빌려 쓰다가 수업 시간에 뺏겼다. 다음엔 뺏기지는 않았지만 쓰고 난 후에 돌려주지 않았다. 그 후엔 핸드폰을 빌린 아이에게 돌려주기는 했지만, 어쨌든 그것도 잘못된 행동이었다.

한번은 이런 적도 있다. 학교 도서관에서 빌린 책을 잃어버리고는 다른 아이 책상에 있는 책을 허락도 없이 집어 들고 독서 지도를 받으러 왔다. 그러나 그마저도 잘 챙기지 못해 결국 책을 잃어버렸다. 사고가 반복될 때마다 나의 잔소리는 계속되었지만 미나는 잘못에 대한 책임은 회피하고 당장의 상황만 대충 모면하려 했다.

문제로부터 숨는 증상은 미나만 갖고 있는 게 아니다. 경쟁의 페달을 밟으며 앞만 보고 달려야 하는 아이들은 문제가 생기면 숨으려고 한다. 그것은 자신의 의지와 무관하게 살고 있는 삶 때문일 것이다. 그렇게 살아오면서 문제를 해결하려는 의지도 함께 잃어버렸으리라.

나는 꽃피던 3월, 신입생들에게 기대했던 아름다움과 향기가 얼토당토하지 않은 것이었음을 두 달 뒤에야 깨달았다. 우리 사회와 어른들은 아이들이 있는 그대로의 존재가 되지 못하게 막고 있는 건 아닐까? 혹시라도 아이들의 가슴속에서 꽃이 피어날까 봐 전전긍긍하는 것이다. 그들이 경쟁의 감옥에서 벗어날까 봐 조그만 창살로 연명할 수 있을 만큼만 햇빛을 비춰 주고 있는지도 모른다.

제발 날 버리지 말아 줘

수많은 아이들을 겪었지만 미나처럼 수업 시간마다 핸드폰으로 문자를 보내다가 걸리는 아이는 없었다. 내가 볼 때 미나는, 문자를 주고받는 친구들에게 지나치게 의존하고 있는 듯했다. 잠시라도 스스로를 가만두지 않는 것이었다. 미나는 왜 그렇게 친구와의 연락에 집착하는 것일까. 나는 미나에게 자서전을 써 보지 않겠느냐고 제안했다.

"자서전은 유명한 사람이나 쓰는 거 아니에요?"

"아니. 누구나 쓸 수 있어. 자신의 삶을 기록하는 거니까. 미나 네가 살아온 삶을 선생님한테 들려주는 거라고 생각하면 돼. 편하게, 일기 쓰듯이 써 봐."

미나는 생각보다 세심하게 자서전을 써 왔다. 어머니가 동생을 낳았을 때 다섯 살이었던 미나는 할머니 집에 맡겨져서 몇

해 동안 엄마와 떨어져 살았다. 그때 미나는 엄마에게 버림받았을지도 모른다는 두려움을 느낀 모양이었다. 미나는 일곱 살 즈음에 다시 부모님 품으로 돌아왔지만 엄마와의 관계가 원만하지 못했다. 모녀 관계는 초등학교 고학년이 되면서 더욱 심각해졌다. 성적 때문이었다. 본질적으로 끈기 있게 앉아서 공부를 할 수 있는 성향의 아이가 아닌데도 미나를 향한 엄마의 기대치는 상당히 높았다.

자서전에는 부모님이 이혼을 할 뻔했던 위기의 순간도 담겨 있고, 아빠가 미나를 집에서 내쫓았던 이야기도 있었다. 미나는 엄마와의 관계는 말할 것도 없고 아빠와의 관계 역시 위태로워 보였다. 결국 미나가 유일한 위안과 기쁨을 얻을 수 있는 존재는 친구들밖에 없는 셈이었다. 십대가 되면서 가족보다 친구들과의 관계로 무게중심이 옮겨지는 것은 보편적인 일이지만, 미나는 함께 어울리는 친구들에 대한 집착이 비정상적으로 심했다. 가족 누구에게도 마음 편히 기댈 수가 없기 때문인 듯했다.

인도의 '비폭력 혁명'을 이끈 간디는 항상 두 가지 운동을 병행했다고 한다. 하나는 영국의 압제에 반대하는 비폭력 저항이었고, 다른 하나는 '차르카 운동'인 물레 잣기 운동이었다. 전자는 외세에 저항하는 프로그램이었고, 후자는 인도 내부의 자발적이고 건설적인 프로그램이었다. 간디와 인도 국민들은 영국의 청바지를 불매하는 운동과 자신들이 직접 물레로 옷을 만들어 입는 운동을 쉬지 않고 함께했다. 그로 인해 영국의 의류 회사는 막대한 타격을 입게 되었고, 끈질긴 저항 의지는 인도의 국권 회복으로 이어질 수 있었다.

미나에게도 이러한 차르카 프로그램이 필요하다는 생각이 들었다. 가족과의 소통을 상실한 채 친한 친구들에게 집착함으로써 자신의 존재 가치를 확인하는 미나의 자존감을 일으켜 세워 줄 수 있는 방법이 없을까. 다른 사람에 대한 배려나 이해가 부족하고, 행동에 대한 책임조차 제대로 판단하지 못하는 미나를 바로잡을 수 있는 건 무엇일까. 미나를 위한, 미나에 의한 변화가 절실했다.

다른 사람을 돕는 마음에서 시작되는 자아 발견

다음 날 나는 칠판에 '사랑하는 것 다음으로 훌륭한 일은 누군가를 돕는 일이다'라는 거창한 명언을 적은 뒤 아이들을 바라보았다.

"아프리카 슬럼가에서는 먹을 게 없어서 음식물 쓰레기를 주워 먹는 아이들도 있대. 마실 물이 없어서 길바닥의 흙탕물을 마시는 아이들도 있고. 돈을 벌 수 있는 데가 사창가밖에 없어서 성매매를 해야만 하는 아이들이 전 세계에 1억 명이 넘는다는 충격적인 보고도 있어."

내 입에서 나온 충격적인 말들 때문이었는지 아이들이 다른 때와 달리 집중하고 있다는 게 느껴졌다.

"우리 반 모두가 가난한 아이를 돕는 일에 동참했으면 좋겠어. 부담 갖지 말고. 한 달에 100원이라도 좋아. 100원은 아프리카에서 몇천 원이나 되는 큰돈이거든. '나는 한 달에 100원도 못 도와줘'라는 생각이 드는 사람은 안 해도 돼. 선생님은 우리 반에서 이 일을 책임지고 맡아 줄 사람으로 미나를 추천한다. 미나는 힘든 친구들을 따듯하게 도와줄 수 있는 장점을 갖고 있어. 어때, 괜찮겠어?"

아이들이 시큰둥한 반응을 보였다. 몇몇은 '재가 어떻게?' 하며 수군거리기도 했지만 나는 계속 밀어붙였다.

"자, 그럼 다 같이 박수로 미나를 밀어주자. 박수!"

아이들은 대부분 마지못해서, 몇몇은 재미있겠다는 표정으로 웃으며 박수를 쳤다. 수업이 끝난 후, 나는 교무실로 미나를 불렀다.

"깜짝 놀랐지?"

미나는 고개를 끄덕였다.

"일이 그렇게 많지는 않을 거야. 한 달에 한 번씩 후원하기로 약정한 아이들에게 돈을 걷어서 지로로 은행에 내면 돼. 그리고 후원받는 아이와 1년에 서너 번 편지를 주고받는 거야. 어때, 할 수 있겠어?"

미나는 쉽게 대답하지 못했다.

"선생님은 네가 자신을 의미 있고 소중한 사람이라고 느꼈으면 좋겠어. 누군가를 돕는 것만큼 어려운 일은 없지만, 미나는 잘할 거라고 믿거든. 그 과정을 통해서 미나 스스로도 뭔가 깨닫고 발견하는 게 있을 것 같고."

미나의 얼굴에서 약간의 호기심이 나타났다.

"해 볼게요, 선생님."

우리 반 아이들이 돕기로 자매결연을 맺은 아이는 에티오피아의 여덟 살 소녀였다. 반 아이들의 우려와 달리 미나는 후원금을 잘 걷었다. 15,000원 정도가 모였다. 책임을 맡음으로써 미나는 자신도 중요한 일을 할 수 있는 존재라고 느끼는 듯했다. 미나는 성실하고 분명하게 맡은 일을 처리해 나갔다. 나는 미나가 한 달이 다 되기도 전에 써 버리는 핸드폰 요금보다 적은 돈으로 지구 반대편에 있는 누군가의 삶을 풍요롭게 할 수 있다는 걸 느낄 수 있을 거라 믿었다.

다음으로, 나는 미나와 좀 더 어려운 도전을 해 보기로 마음먹었다. 무의식 깊은 곳에서 미나를 지배하고 있는 '내면의 자아'를 만나는 일이었다.

나의 '나'에게 말 걸기

예전보다 한결 밝아진 얼굴로 교무실에 온 미나는 반 아이들에게 걷은 후원금을 내게 보여 줬다.

"미나야, 어때? 돈 걷는 일이 힘들지는 않아?"

"안 힘들어요. 괜찮아요."

"역시 선생님이 제대로 봤어. 잘할 것 같았다니까."

미나가 멋쩍게 웃으며 쑥스러워했다.

"근데 미나야. 선생님이 너에게 하나 더 부탁하고 싶은 게 있는데…."

동그랗게 눈을 뜨고 미나가 나를 바라보았다.

"네가 엄마와 떨어져서 할머니랑 살 때 불안하고 외로웠던 감정을 엄마에게 솔직하게 다 말하는 일이야."

"아, 그런 건… 좀 별로…."

"그래, 그래. 선생님이 좋아하는 소설 『사랑을 선택하는 특별한 기준』(김형경 지음, 푸른숲, 2006)의 주인공도 서른이 넘어서야 그 일을 하게 돼. 엄마에게 '왜 어린 나를 할머니에게 맡겨서 힘들게 했느냐'고 소리를 지르면서 가슴속에 쌓여 있던 감정을 다 터뜨리지. 그러고 나서 다시 엄마와 관계를 조금씩 회복하게 돼."

고개를 숙인 미나는 아무 말도 하지 않았다.

"사람의 마음속에는 어린아이가 있다고 해. 한 다섯 살쯤 되는 아이. 과거의 자기 자신이 존재하는 거야. 선생님 안에도 있고, 미나 안에도 있는 거지. 중요한 건 그 아이를 잘 돌보고 있느냐, 내팽개쳐 버리고 있느냐는 거래."

나는 말을 멈추고 미나를 바라보았다.

"선생님은 미나를 돕고 싶어. 미나의 마음속에 있는 다섯 살 아이를 보살펴 줘야 하지 않을까?"

"어떻게요?"

곤혹스러움과 호기심이 가득한 표정의 미나가 나를 똑바로 쳐다보았다.

일주일 뒤, 나는 빈 의자를 마주 보는 자세로 미나를 의자에 앉게 했다.

"자, 이 의자에 엄마가 앉아 있다고 생각해 보자. 그리고 그동안 엄마에게 하고 싶었던 말을 하나둘 털어놓으렴."

미나는 한동안 멍한 채로 앉아 있기만 했다.

"미나는 엄마 아빠랑 살고 있는 지금보다 할머니하고 살 때가 더 좋았다고 했지?"

"네, 그때가 더 좋았어요. 엄마는… 저를 이해하지 못해요. 뭘 해도 항상 제가 잘못했다고 하면서 혼내기만 해요."

"미나가 많이 외롭고 힘들었을 텐데, 엄마는 잘 모르실 거야. 엄마가 가장 필요했던 시기에 엄마랑 떨어져서 사는 동안 미나가 얼마나 불안했고 두려웠는지."

미나의 표정이 더욱 어두워졌다. 나는 화제를 돌리려는 듯 밝은 목소리로 말을 꺼냈다.

"선생님은 요즘 화가 나 죽겠어. 딸내미가 방을 어찌나 어질러 놓는지. 녀석이, 혼내고 또 혼내도 좀체 나아지지가 않으니!"

미나가 피식 싱겁게 웃었다.

"미나는 집에서 방 청소 잘하니?"

"저도 항상 혼나요."

"말 안 들을 땐 녀석이 아주 괘씸해 죽겠지만 그래도 어떡하겠어, 내 자식인걸. 미워하려 해도 미워할 수가 없는 거지. 미나 엄마도 마찬가지일 거야. 네게 위험한 일이 닥쳤을 때, 목숨을 걸고 너를 지켜 주실 분은 엄마밖에 없잖아. 네가 무엇을 하고 어떤 상황에 있더라도 늘 너의 편이 되어 줄 사람은 부모님이거든."

미나는 복잡한 표정을 지었다.

"일단, 이렇게 해 보는 거 어떨까? 방 청소를 잘하는 것부터 시작해서 엄마를 네 편으로 만들어 보는 거야. 그리고 하나씩, 미나가 엄마한테 느꼈던 감정들을 솔직하게 털어놓는 거지. 어때?"

"…노력해 볼게요."

며칠 뒤 미나가 밝은 얼굴로 나를 찾아왔다.

"선생님, 저 엄마한테 말했어요!"

"응?"

"엄마가 동생만 돌보느라고 저한테 신경 안 썼던 거랑, 제가 막 불안하고 외롭고 그랬던 거요."

"엄마는 뭐라고 하셨어?"

"제 말을 인정하진 않으셨어요. 그때는 동생 때문에 어쩔 수 없었대요."

"그렇구나. 미나 마음은 어땠어?"

"시원했어요. 답답했던 게 조금 풀린 것 같긴 해요. 아, 그리고 엄마가 공부하는 거 싫으면 실업계 고등학교 가래요. 제가 미용 좋아하니까 그거 해도 된다고 하셨어요."

"그래. 아빠랑은 어때?"

"목요일에 학원 못 갔거든요. 잠깐 자려고 했는데 시간이 너무 지난 거예요. 근데 학원에서 아빠한테 문자를 보내서 아빠가 집에 와서 막 혼내셨어요. 그때 엄마가 말려 줬어요."

아빠와의 관계는 여전히 삐걱거리는 듯했지만, 엄마와의 관계는 조금씩 회복해 가고 있었다. 그것만으로도 미나에게는 큰 발전이었다.

또한 미나는 에티오피아 소녀를 돕는 후원금 걷는 일에도 꾸준히 신경을 썼다. 자신이 갖고 있으면 분실할 위험이 있다면서 쉬는 시간마다 돈을 내게 갖다 주었다. 미나는 내가 채워 준 35,000원을 들고 우체국에 가서 지로로 내는 일까지 깔끔하게 처리했다. 이제 미나가 자기 안에 갇혀 있는 상처를 돌보고 삶을 이끌어 나갈 수 있을 거란 희망이 느껴졌다. 5월이었다.

괜찮아! 나를 믿고 기다려 준다면

미나의 부모님과는 이례적으로 집 근처 커피숍에서 만났다. 미나가 없는 곳에서 긴밀한 대화가 필요했기 때문이었다.

미나 어머니는 예상대로 차분하고 책임감이 강한 분 같았다. 십 분쯤 뒤에 도착한 아버지는 사업을 하는 사람답게 성격이 급하고 맺고 끊는 것이 분명한 인상이었다. 매사에 급한 게 없고 즉흥적인 미나와는 잘 맞지 않으리라는 것을 한눈에 알 수 있었다. 두 분은 나를 처음 본 순간 똑같이 '우리 미나가 학교에서 사고를 많이 치나요?'라고 물었다.

먼저 나는, 미나가 할머니와 살 때 형성됐던 의존성이 깊은 것 같다고 조심스럽게 말했다. 핸드폰에 집착을 하는 거나 보편적인 규칙이나 규율에 대한 관념이 부족한 것도, 사람들과 관계를 맺거나 소통을 하는 데에 있어 어린 시절에 기초적인 학습이 되지 않아서 그런 걸까 싶은 생각이 들었다고 했다. 그러자 미나 어머니는 미나를 할머니에게 맡겼을 때, 미나 동생과 또래 아이를 맡아서 양육하느라 딸에게 소홀했었다고 했다. 나는 당시 외로움과 불안감으로 힘들었을 미나를 좀 더 헤아려 주고 지금이라도 많은 관심과 이해로 보살펴 주면 좋을 것 같다고 말했다.

미나 아버지도 딸에 대해 나름의 주관을 갖고 생각을 하고 있었다. 딸이 학원 가서 공부 안 하는 걸 알고 있었기 때문에 영어 학원만 하나 제대로 다니라고 말해 보기도 했고, 속기사 학원을 보낼 생각도 했던 모양이었다. 무엇보다 아버지는 미나의 일진 친구들을 가장 걱정하고 있었다. 그 아이들의 반항적인 얼굴을 볼 때마다 화가 치밀어서 혼내고 싶은 마음이 굴뚝 같다고 했다.

반면 미나 어머니는 그 아이들과 얘기해 보니까 모두 마음이 여리고 심성이 고운 아이들이었다고 말했다. 미나에게, 아버지보다는 어머니가 좀 더 편한 존재가 될 수 있을 거라는 생각이 들었다. 대화가 끝날 즈음에 나는 텔레비전 다큐멘터리 프로그램에 나왔던 '욕쟁이 미용사'에 대해 들려주었다. 미용실에 오는 학교 부적응 청소년들을 항상 따듯하게 맞아 주며 먹을 것과 쉴 곳을 제공해 주는 분이었다.

"그분 말씀이, 아이들은 부모님 중에서 한 분이라도 끝까지 믿고 기다려 주면 반드시 돌아온대요. 자신을 믿고 기다려 주는 사람이 있으면 나이가 들면서 철이 드는 때가 오고, 결국 가정으로 돌아온다는 거지요. 그게 어디 가출만을 말하는 것이겠어요. 가족에게서 마음이 떠난 것만큼 안타까운 일이 없다는 생각이 들어요. 미나가 다시 새롭게 시작할 수 있는 시기는 바로 지금일 거예요."

미나의 부모님은 미나가 오기 전에 집에 가야겠다며 서둘러 일어났다. 사람들이 분주히 오가는 거리는 여름의 기운이 다가오는 듯 덥고 습했다.

내면의 자아에 갇힌 아이, 날개를 달다

여름 방학이 지나고 2학기가 시작되었다. 학기 시작과 함께 학급 가정 방문을 갔는데, 미나 어머니가 한결 평온해진 얼굴로 나를 맞았다.

"미나 아버지가 요즘 같으면 살 것 같다고 해요. 믿어지지 않을 정도로 아버지와 미나의 관계가 좋아졌어요. 다 담임 선생님을 잘 만난 덕분인 거 같아요."

그날 나는 더할 나위 없이 행복한 교사였다.

"아니에요. 어머니가 변하셨기 때문에 미나가 변한 거예요."

엄마의 마음 습관이 변하자 딸의 마음 습관도 따라서 변한 것이었다. 부모님이 가장 잘한 선택은 미나가 학원을 끊고 학교에서 이루어지는 방과 후 수업을 받게 한 것이었다. 덕분에 미나는 일진 친구들과 어울려 다니지 않게 되었고, 방과 후 수업을 듣던 착실한 아이들과 친하게 지냈다. 집에 일찍 오게 된 미나는 남는 시간에 순정 만화와 로맨스 소설에 빠져서 산다고 했다. 1학기 초에 인터넷과 게임 중독이었던 미나가 만화와 소설을 좋아하게 된 건 놀라운 변화였다.

미나는 어느새 '학교에 나타나는 것만으로도 고마웠던 아이'에서 '학교를 잘 다니는 아이'로 변해 있었다.

1학기를 마치며

내 안의 목소리에 귀를 기울이자

인간人間은 한자의 뜻에서 알 수 있듯이 관계 속에서 의미를 갖는 존재다. 사람은 누구나 자신을 있는 그대로 사랑해 주고 믿어 주는 관계 안에서 큰 행복을 얻는다. 하지만 '홀로 있음' 속에서 스스로를 성찰하지 못하면 자기를 잃어버리게 되는 존재가 바로 사람이기도 하다.

학교에는 미나처럼 자신을 무가치하다고 느끼며 방황하는 아이들이 많다. 그들은 대개 무리 속에 숨어서 위악과 비행으로 자신의 존재를 증명하려고 한다. 그 아이들이 일진 속으로 숨는 건 물고기가 물속에서 살듯이, 무리 속에서만 숨을 쉴 수 있기 때문인지도 모른다.

그러나 아이들은 어디까지가 우정이고 어디부터가 비행인지, 어디까지가 자유의 실현이고 어디부터가 자아 도피인지 잘 알지 못한다. 그 모호한 경계를 정해 주고 그들에게 여기까지라고 말해 줄 수 있는 사람이 있을까. 설사 있다 해도 귀에 들리지 않을지도 모른다. 아이들에게 가장 정확한 대답을 들려줄 수 있는 목소리는 내면의 목소리밖에 없고, 그 목소리는 '홀로 있음' 속에서만 들을 수 있다.

무기력과 우울증 속에 빠져 있다 건강을 회복한 사람들 중에는 자신보다 불행한 이들을 돕다가 치유된 사람들이 많다. 그들은 불행한 이의 고통을 느끼고 그들에게 도움의 손길을 건넨 순간부터 구원이 찾아왔다고 고백한다. '비행 청소년'이 되는 것도 이와 유사한 점이 있다. 일진이 된다는 건, 나만큼 불행하거나 나보다 불행한 아이들과 서로 위로를 주고받는 일인지도 모르니까. 전자와 후자는 종이 한 장 차이일지도 모른다. 그러나 그 미세한 차이를 내면의 목소리는 알고 있다. 서로를 도우며 마음을 치유하는 것과, 위로를 주고 받는 듯하지만 사실은 서로의 존재를 파괴하는 것은 다르다는 걸.

내면의 목소리는 마음이 고요하고 평화로운 상태일 때만 들을 수 있다. 고요의 소리는 군중의 소리 속에 파묻히니까 '무리로 있음' 속에서는 결코 들을 수 없다. 그렇다고 해서 '홀로 있음'이 명상이니 단전 호흡이니 하는 것처럼 거창한 의미는 아니다. 음악 감상하기, 소설이나 만화 읽기, 산책하기, 어항 바라보기, 십자수 하기 등 여하튼 자기 자신과 대화할 시간을 갖는 것이 중요하다는 뜻이다.

꾸준히 내면의 목소리에 귀를 기울이다 보면 자기 자신이 사랑스러워지는 시간이 찾아올 것이다. 그 시간은 나 자신과의 관계가 건강해지는 시간이다. 자신과의 관계가 건강해지면 타인과의 관계도 저절로 건강해진다.

1학년 2학기

아이들이 스스로를 패배자로 여기지 않기 위하여

모범생과 찌질이

십대, 왜곡된 이미지에 갇히다

모범생과 찌질이

때로 인생에서 원치 않게 바보가 되는 때가 있다. 그 충격이 가장 큰 시기는 아마도 감수성이 예민한 학창 시절일 것이다. 성격이 강하고 외향적인 아이라면 바보가 되는 걸 두려워하지 않고, 오히려 자신의 존재를 드러내는 기회로 여길 것이다. 그러나 극도로 소심한 아이가 수십 명의 친구들 앞에서 웃음거리가 되면 치명적인 마음의 상처를 입게 된다.

중학교에서는 10월 즈음이 되면 왕따 사건이 빈번하게 터진다. 아이들은 초등학교에 비해 몇 배나 늘어난 학습량에 허덕이다가 2학기 중간고사가 끝날 즈음 지칠 대로 지쳐 버린다. 이때쯤에는 중학교 생활에 완전히 적응하게 되면서 마음마저 느슨해진다. 그중에서 부모로부터 억압을 많이 받는 우등생들이 종종 예기치 못한 폭탄이 되기도 한다. 그들은 자기도 모르는 중에 연약한 친구를 괴롭히는 '왕따 행위'로 괴로운 현실에서 벗어나려고 한다.

괴물이 된 우등생들

"모두 일어서라. 지금부터 움직이는 사람은 앉았다 일어나기 오십 번 한다."

종례 시간에 교실로 들어간 내가 잔뜩 굳은 얼굴로 말했다.

"연성이는 가방 들고 도서실에 가 있어."

가방을 멘 연성이가 겁먹은 짐승처럼 움츠리며 교실을 빠져나갔다. 아이들은 돌변한 나의 모습에 놀라서 꼼짝도 하지 않은 채 차려 자세로 서 있었다. 내가 설문지 한 장을 집어 들고 읽기 시작했다.

"송철민과 주형찬이 김연성 책상에 침을 뱉는다. 송철민이 청소하는 중이라고 하면서 종이로 김연성 책상에 있는 침을 닦는다. 주형찬이 그걸 더럽다고 하면서 대걸레로 닦는다."

이름이 나온 아이들의 얼굴은 불에 덴 듯 벌게졌다. 나의 분노에 찬 목소리가 계속 이어졌다.

"최명준과 유상우가 매일 김연성을 협박해서 핸드폰을 뺏은 후 그걸로 게임을 하고 김연성의 비밀번호를 바꾼다."

"김연성이 울 때면 최명준과 주형찬이 핸드폰으로 사진을 찍는다. 그러다 선생님들이 지나가거나 들어올 때는 달래 주는 척 연기를 한다."

나는 설문지를 내려놓고 침통한 표정으로 아이들을 훑어보았다.

"교실에서 이런 고통을 당하고 있는 사람이 있는데, 어떻게 한 명도 선생님한테 알려 주는 사람이 없었던 거니?"

부회장 명준이가 고개를 더 푹 숙였다. 송철민, 주형찬, 최명준, 유상우. 네 명은 모두 반에서 10등 안에 드는 아이들이었다.

"친구 책상에 침을 뱉고, 대걸레로 닦고, 핸드폰을 멋대로 사용하고… 공부만 잘하면 뭐해? 네 명 모두 일어서!"

상우부터 차례로 일어섰다.

"너희들이 왜 그런 짓을 할 수밖에 없었는지 나를 이해시켜 봐. 그러면 부모님 오시라고 하지 않겠다. 제발 나를 좀 설득시켜 봐."

누구도 입을 열지 않았다.

"철민이가 먼저 얘기해 봐."

설문 결과 연성이를 가장 많이 괴롭힌 아이로 나온 녀석이었다. 철민이는 머릿속이 하얘진 얼굴로 입을 열지 못했다.

"그럼 상우가 얘기해 봐."

상우는 연성에게 핸드폰을 한두 번 빌려 쓴 잘못밖에 없었지만 어쨌든 친구들에게 휩쓸려서 가해자가 되어 있었다.

"대답 못하냐? 그러면 너희들 잘못이 아니라는 얘긴가?"

길고 답답한 침묵이 이어졌다.

네 명의 아이들에게 괴롭힘을 당한 연성이는 반에서 가장 겁이 많은 아이였다. 운동을 못해서 체육 시간에 종종 놀림거리가 되었으며, 큰 눈을 두리번거리면서 늘 뭔가에 쫓기듯이 지냈다. 무엇보다 연성이는 툭 하고 건드리기만 해도 눈물을 쏟는 울보였다. 엄청난 학습량으로 미칠 것 같은 아이들에게 그보다 더 좋은 먹잇감은 없었는지도 몰랐다.

몇 주 전에 수업을 하면서 연성이가 우는 걸 본 적이 있었다. 철민이가 '연성이가 여자를 좋아한다'고 놀렸기 때문이었다. 겁에 질려 있던 연성이의 얼굴이 평소와 다르다고 느끼면서도 나는 대수롭지 않게 웃어넘겼다. 그때 눈치를 채고 연성이에게 교실에서 무슨 일을 당하고 있는지 물어봤어야 했다.

연성이의 왕따를 알려 준 건 뜻밖에도 2반 윤섭이었다. 이틀 전 종례를 하러 교실에 들어가는데 수준별 수업을 하고 나가던 윤섭이가 내게 말을 걸었다.

"선생님, 송철민이 연성이 너무 괴롭혀요. 혼내 주세요."

나는 윤섭이의 말을 듣고 난 후에야 내면의 목소리에 귀 기울이지 않았던 것을 뼈아프게 후회했다.

처벌보다 더 괴로운, 반성의 시간

아이들은 한 시간째 벽을 바라보고 서 있었다. 네 명이 쓴 자술서를 다 읽은 후에 내가 무겁게 입을 열었다.

"모두 뒤로 돌아."

아이들의 얼굴에는 깊은 어둠이 드리워져 있었다.

"선생님은 잘 모르겠어. 너희가 대체 왜 연성이를 괴롭힌 건지."

철민, 형찬, 명준, 상우 네 아이 모두 고개를 들지 못하고 있는 건 아까와 다르지 않았다.

"근데 곰곰이 생각해 보면, 마음이 짓눌리지 않은 사람은 다른 사람을 괴롭히지 않거든. 아마도 너희는 다른 뭔가로부터 엄청난 억압을 받는 모양이다. 그게 뭘까… 성적? 가족? 그런데 명준이 넌 어머니가 별로 억압하지 않으시잖아?"

"…네."

명준이는 기어드는 목소리로 대답했다. 스파르타식 학원에 들어가겠다는 결심을 스스로 할 정도로 성적 욕심이 대단한 아이였다. 집 근처 기숙 학원에서 새벽까지 공부하는 생활을 두 달째 하고 있던 명준이는 덕분에 성적이 크게 올라 2학기 중간고사에서 전교 5등을 했다.

"철민이는 어머니가 좀 힘들게 공부시키는 거 알고 있고. 형찬이 너는 어떠냐?"

형찬이가 볼멘소리로 대답했다.

"엄마가 많이 강요하시는데요."

전교 9등이었던 형찬이는 무례한 말투 때문에 자주 혼났는데도 그런 말투가 툭툭 튀어나왔다. 형찬이는 내가 지적할 때마다 몸을 바르르 떠는 경우가 많았는데 심리적 불안증을 지니고 있는 듯했다.

상식적인 해법은 양쪽의 부모님들이 모인 장소에서 왕따 시킨 아이들의 부모님들이 연성이 부모님에게 사죄를 하는 것이었다. 하지만 그러고 나서 아이들이 연성이를 괴롭히지 않을 거라는 확신이 없었다. 보이지 않게 연성이를 소외시키거나 대놓고 무시하는 방법으로 계속 고통을 안겨 줄 가능성이 높았다.

"선생님은 너희들에게 자신의 행동을 고칠 수 있는 기회를 주고 싶어. 하지만 나에게는 연성이 부모님께 이 사실을 알려 드려야 할 책임도 있어. 연성이 부모님이 이 사실을 알게 되면 어떻게 될까? 자동적으로 너희 부모님들에게도 알려지고, 학교폭력대책 자치위원회도 열리게 될 거야. 만약에 연성이 부모님이 그냥 넘어가지 않으신다면, 너희들을 검찰에 신고할지도 모르지. 이 사건이 검찰에 넘어가면 합의금으로 몇백만 원이 들지 몰라. 너희는 당연히 생활지도부로 넘겨져서 처벌을 받게 될 테고."

아이들의 낯빛은 점점 사색이 되어 갔다.

"자, 이렇게 한다. 너희들 부모님께는 일단 알리지 않는다. 너희들에게 스스로 해결할 수 있는 기회를 주는 거야. 연성이 부모님께는 너무 죄송하지만 그렇게 하자."

가슴을 쓸어내리며 안도하던 아이들은 뒤에 이어지는 내 말을 듣고 다시 얼굴이 어두워졌다.

"대신 내일부터 쉬는 시간마다 내려와서 벽 보기를 한다. 점심시간에도 20분 만에 밥 먹고 내려와야 돼. 일단 교실에서 연성이랑 같이 있는 시간이 없으면 괴롭히지 않을 거 아냐. 너희들은 이를테면 집행유예야. 그게 뭔지 알아?"

아이들은 눈을 멀뚱멀뚱 뜬 채 서로를 쳐다보기만 했다.

"잠시 징계를 연기해 준 거란 말이야. 또 연성이를 괴롭히면 그땐 지체 없이 생활지도부로 넘길 거야. 너희들의 운명은 앞으로 너희들이 얼마나 반성하는지에 달려 있다, 알겠냐?"

"네…."

아이들의 목소리에는 안도감과 절망감이 뒤섞여 있었다.

사실 우리는 모두 다 열등한 존재

아침독서 시간이 십 분 남았을 때 내가 일어나서 칠판에 '투사'라고 썼다.

"책 덮어라."

아이들이 긴장한 눈으로 나를 쳐다보았다.

"선생님은 어제 밤늦게까지 생각해 봤어. 왜 우리 반에서 이런 일이 생겼을까? 왜 이렇게 비열하고 비인간적인 일이 일어났을까? 도대체 그 뜻이 뭘까…?"

나는 말을 멈추고 잠시 아이들을 쳐다보았다. 아이들은 어리둥절한 얼굴로 눈을 멀뚱거리고 있었다.

"먼저 왜 이런 사건이 일어났는지부터 생각해 보자. 만약에 연성이가 마음이 약하고 여리지 않았다면 왕따 사건이 일어났을까?"

연성이가 고개를 푹 숙이고 있는 게 보였다.

"연성이도 알아야 되는 얘기니까 공개적으로 말하는 거 이해하고 들어라."

연성이는 울 것 같은 표정으로 고개를 끄덕였다.

"연성이가 처음 괴롭힘을 당했을 때, '나를 계속 괴롭히면 선생님에게 알리겠다'고 강하게 말했다면 왕따는 벌써 중단되었을 거야. 하지만 연성이는 그러지 않았지. 철민이를 포함한 네 명은 연성이의 그런 나약한 모습을 보고 계속 괴롭혔던 거야. 그럼 네 명의 마음속에 있는 무엇이 연성이를 괴롭히게 만들었을까? 형찬이가 얘기해 봐."

"모르겠는데요."

형찬이가 떨지 않으려는 듯 몸에 잔뜩 힘을 주며 대답했다.

"그래, 모르니까 그런 짓을 했겠지. 근데 이 녀석아, 매일 벌 받고 있으면 좀 알아야 되는 거 아니냐? 생각이 있는 놈이면 깨달아야지!"

내 호통을 들은 형찬이가 곤혹스러운 표정으로 고개를 숙였다.

"상우 얘기해 봐. 네 안에 무엇이 연성이를 괴롭히게 만들었던 건지."

상우는 답을 찾느라고 안간힘을 썼지만 역시 대답을 하지 못했다. 내가 투사라는 글자 옆에 'Projection'이라고 썼다.

"투사는 쏘는 거다. 자기 안에 있는 것을 상대방에게 덮어씌우는 거야. 저 프로젝터처럼."

내 손가락이 교실 천장을 가리키자 아이들이 멍한 얼굴로 프로젝터를 쳐다보았다.

"프로젝터는 자기 속에 있는 영화나 그림을 쏘는 기계야. 프로젝터는 절대로 세상을 있는 그대로 보여 주지 않아. 자기 속에 있는 것을 덮어씌워서 보여 주지. 우리가 누군가를 싫어하게 될 때는 저 프로젝터처럼 투사를 하고 있는 거야. 자기 속에 있는 단점을 그 사람에게 덮어씌워서 미워하는 거지. 철민아, 다시 잘 생각해 봐. 네 안에 있는 무엇을 연성이에게 떠넘겨서 미워하고 괴롭혔던 건지. 그걸 깨달아야 한단 말이야."

철민이의 얼굴은 여전히 어떤 답도 떠오르지 않는다는 표정이었다.

“넌 네 속에 있는 나약함을 연성이에게 떠넘겨서 미워했는지 몰라. 다른 사람들도 마찬가지야.”

상우는 조금 알아들은 듯 고개를 끄덕이고 있었다. 그러나 나머지 세 명은 여전히 아무것도 모르겠다는 표정이었다. 내가 아이들 전체를 둘러보며 말했다.

“그럼, 이 네 명이 연성이를 괴롭히는 걸 웃으면서 구경만 했던 반 전체 아이들은 뭘 투사했던 걸까? 너희들도 마찬가지야. 너희들 안에 있는 나약함을 보면서 웃고 즐겼던 거야. 결국 자기 자신을 조롱한 거지. 만약 우리 반에서 진정한 용기를 가진 사람이 있었다면 연성이가 당하는 모습을 보면서 어떤 감정을 갖게 됐을까?”

교실에서는 여전히 대답하는 아이가 아무도 없었다. 내가 칠판에 ‘연민, 돕고자 하는 마음’이라고 썼다.

“나는 어젯밤에 누가 연성이를 보면서 연민을 느끼고 도우려는 마음을 가질 수 있었을까 상상해 봤다. 가장 먼저 떠오른 사람이 상우였어. 덩치도 크고 듬직하니까. 그런데 상우는 용기보다 나약함이 더 강했던 것 같다. 친하다는 이유로, 괴롭히던 애들에게 휩쓸리고 말았으니까. 그 다음에 떠오른 사람이 명준이었어. 부반장이라는 책임감으로라도 연성이를 도와주었더라면 얼마나 좋았을까."

그때 미나가 교실로 들어왔다. 미나는 지각하는 버릇만큼은 좀처럼 고치지 못하고 있었다.

"미나가 와서 하는 말인데, 미나는 다른 아이들을 괴롭히지 않지? 미나는 지각도 많이 하고 선생님들께 자주 혼나지만, 왜 다른 아이를 괴롭히진 않을까?"

미처 분위기를 파악하지 못한 미나가 웃으며 대답했다.

"무관심해서요."

아이들 몇 명이 어이없어하며 웃었다. 나의 입가에도 희미하게 미소가 어렸다.

"그건 미나가 나약하지 않기 때문이야. 미나는 누군가 자신을 억압하면 싸울 줄 알고 표현할 줄 알잖아. 너희들도 짓눌리고 괴로운 마음을 스스로 해결하란 말이야. 약한 친구에게 못된 짓 하지 말고, 알겠어?"

아이들은 고개를 숙인 채 대답이 없었고 미나는 이상하다는 표정으로 정적이 흐르는 교실을 두리번거리고 있었다.

친해지는 데도 노력이 필요해

동물의 세계에도 집단 따돌림이 있다. 무리 지어 사는 사자나

하이에나 중에는 혼자서 평원을 헤매는 왕따가 있는데 이들 대부분은 시름시름 앓다가 죽는다고 한다. 최고의 덩치를 자랑하는 코끼리도 무리에서 따돌림을 당한 뒤 혼자가 되면 사자의 공격에 목숨을 잃는다. 동물들에게도 집단 따돌림을 당하는 것은 생명의 위협을 느끼는 무서운 일인가 보다.

왕따 사건이 일어난 후, 나는 '연성이 친구 만들기 작전'에 돌입했다. 연성이에게 친구가 되어 줄 만한 아이를 찾는 일은 그리 어렵지 않았다. 연성이와 뭉치면 좋을 것 같은 남학생 세 명이 눈에 들어 왔다. 용만과 대현, 현준이가 그들이다.

용만이는 1학기 때 얼떨결에 학급 회장을 맡았지만, 사실 인기 없기로는 연성이와 막상막하였다. 가느다란 목소리로 나긋나긋하게 말하는 용만이를 좋아하는 아이는 거의 없었다. 몇 달 전에는 옆 반 여자아이들이 용만이의 머리를 마음대로 잘라 버린 소동까지 있었다. 용만이 어머니가 학교에 찾아오고 한바탕 난리가 난 후에야 사건은 정리되었다.

해맑게 잘 웃는 용만이는 인상이 참 좋았다. 다른 아이들에게 놀림과 무시를 당해도 무너지지 않을 수 있는 자기 나름의 심지가 굳은 아이 같았다. 그렇다면 연성이와 서로 힘이 되어 줄 수 있지 않을까 싶었다.

대현이는 어머니 없이 아버지하고 살았고 누나가 두 명 있었다. 집안 형편이 넉넉한 편이라 학교가 끝나면 학원과 태권도

장에 다니느라 바빴다. 하지만 들이는 노력에 비해 성적은 늘 바닥 신세를 면하지 못했고, 아무하고나 곧잘 시비를 붙어서 아이들 사이에서 기피 대상 1호였다. 그래도 대현이는 공부 잘하는 아이들에게 느껴지는 소위 '여우 같은' 모습이 없었다. 오히려 뒤끝이 없고 털털한 편이었다. 다혈질 성격 때문에 아이들과 자주 싸움을 했지만 자신의 잘못을 사과할 줄 아는 아이였다.

마지막으로, 현준이는 아버지와 단둘이 살고 있었는데 아버지가 아침 일찍 나갔다 밤늦게 들어오기 때문에 거의 혼자 지냈다. 어렸을 때부터 누구하고도 대화를 제대로 해 보지 못했는지, 현준이는 다른 사람과 이야기를 나누는 것에 무척 서툴렀다. 교실에서도 편하게 대화하는 친구가 없는 듯했다. 가끔 필요한 말을 해야 할 때도 현준은 분명하지 않은 목소리로 얼버무리기 일쑤였다.

그런 현준이를 볼 때면 십 년쯤 쓰지 않은 탈곡기가 떠올랐다. 녹슬고 고장 나서 벼를 쌀로 변모시키지 못하는 탈곡기처럼, 현준이의 입은 품고 있는 수많은 말을 목소리로 내뱉지 못하고 덜거덕거릴 뿐이었다. 그러나 현준이는 머리가 비상한 아이였다. 따로 학원을 다니지도 않고 집에 돌아가면 컴퓨터 게임을 하다 잔다는데도 늘 반에서 5등 안에 들었다.

용만, 대현, 현준, 그리고 연성. '나를 이해할 사람은 세상에 하나도 없다'고 느낄지 모르는 이들에게, 누군가와 함께 이야기를 나누고, 밥을 먹고, 깔깔 웃는 시간을 만들어 주고 싶었다. 그 시간 안에서 녀석들이 서로를 통해 힘을 얻고 즐거움을 느꼈으면 했다. 그렇게 '약한 아이들끼리의 연대 프로젝트'를 실행해 보기로 마음먹었다.

약한 아이들끼리의 유쾌한 연대

어떻게 네 명을 뭉치게 할까 고심하던 차에 마침 대현과 용만, 현준이가 가까워질 기회가 왔다. 봉사 활동 시간을 급히 채워야 했던 현준이가 용만이의 도움을 받아 집 근처 어린이집에서 봉사 활동을 하게 된 것이다. 공교롭게도 대현이까지 합세하여 학급 부적응 3인방이 함께 봉사 활동을 했다.

다음 날 나는 세 명을 불러서 수업이 끝나면 함께 독서를 하고 가라고 권유했다. 때마침 도서실 활성화 방안으로 사서 선생님이 과자와 주스를 나누어 주는 행사가 진행되고 있었다. 아이들이 흔쾌히 찬성했던 건 간식의 힘이 컸을 것이다. 어쨌든 그날부터 연성이를 포함한 네 명의 아이들이 도서실에 옹기종기 앉아서 책을 읽다가 집으로 돌아갔다.

도서실에서 책을 읽기 시작한 지 한 주가 지났을 때, 나는 아이들에게 말했다.

"얘들아, 가방 싸서 교문 앞으로 내려와라. 자장면 먹으러 가자."

"우아, 정말요?"

대현과 연성, 용만이가 좋아하며 소리를 질렀다. 현준이는 '뭐 나쁘지 않군' 하는 표정으로 엷은 미소만 짓고 있었다.

아이들은 신이 난 얼굴로 장난을 치면서 중국집으로 향했다. 우리는 자장면과 볶음밥 등을 시켜서 맛있게 먹었다.

"선생님, 그런데 오늘 저희들한테 왜 밥 사 주시는 거예요?"

볶음밥을 먹던 용만이가 갑자기 궁금한 얼굴로 물었다. 먹성이 좋았던 용만이는 급식 시간마다 고봉밥을 퍼서 먹는 아이였다.

"어, 그냥…."

차마 '약한 아이들끼리 뭉치게 하기 위해서'라는 말은 할 수 없었다. 눈치 빠른 연성이가 뭘 그런 걸 궁금해하느냐는 표정으로 용만에게 말했다.

"그냥 사 주시는 거잖아."

나는 잠시 아이들을 쳐다보았다. 그러고 나서 참아야 했던 말을 하고 말았다.

"그냥 너희들이 친해졌으면 좋겠다는 생각을 좀 했어."

다행히 세 명의 아이들은 웃으면서 내 말을 받아들였지만 현준이는 자존심이 상한 듯 표정이 어두워졌다. 내가 급히 화제를 돌렸다.

"기말고사가 이제 일주일 남았구나. 너희들 시험 준비는 어떻게 하니?"

용만이가 웃으며 말했다.

"전 한두 주 전부터 벼락치기 해요."

연성이와 대현이는 학원에서 시키는 대로 공부한다고 했다.

"현준이는 어떻게 준비하니?"

내 물음에 현준이가 퉁명스럽게 대답했다.

"잘…."

마지못해서 대답한 표정이 역력했다. 내가 어색하게 웃으며 말했다.

"현준아, 대답에 조금 성의가 없는 거 같다."

현준이가 멋쩍게 웃으며 말했다.

"성의 있게 얘기하면, 그냥 따로 공부를 안 해요."

"난 연성이가 천재인 줄 알았는데, 이제 보니 현준이가 천재였구나. 공부 하나도 안 하고 1학기 평균 87점이나 맞았으니까 말이야."

나는 조금 과장해서 놀란 척을 했다. 현준이는 나와 얘기를 나누면서 한 번도 눈을 마주치지 않았다. 사실 현준이는 누구하고도 눈을 마주치지 않았다. 현준이와 달리 다른 아이들은 교실에서 보던 것과 전혀 다른 모습을 보여 주었다. 맛있는 음식으로 배를 채웠기 때문인지 대화를 나누며 부쩍 친해진 모습이었다.

대현이의 모습이 가장 놀라웠다. 툭하면 아이들에게 시비를 걸고 태권도 실력을 뽐내려 하던 대현이는 꽤 순진하고 천진스러운 성격을 갖고 있었다. 용만이는 가장 많이 웃었고 얘기도 가장 많이 했다. 가끔 대화 주제에 동떨어진 말을 하기도 했지만 웃는 모습이 볼수록 귀여웠다. 용만이는 집에 가서 학교에서 있었던 일을 다 말하는데 어머니가 말이 너무 많다고 말릴 정도라고 했다.

그러고 보니 세 아이 모두 현준이보다 가정 환경이 나은 아이들이었다. 대현이에게는 아버지와 누나들이 있었고 용만이와 연성이에게는 어머니가 있었다. 그러나 현준이는 집에 가면 늦은 밤까지 아무도 없었다. 나 역시 사춘기 시절에 부모님이 지방에서 장사를 하셨기 때문에 빈집에 들어가는 막막함과 외로움을 잘 알고 있었다. 현준이는 그 지독한 외로움에 적응하기 위해서라도 혼자 생존하는 법을 터득해야 했을 것이다. 그것은 다른 사람과 소통하지 않고 자기 세계에 갇혀 사는 것이었는지도 몰랐다.

현준이는 나와 아이들 사이에 흐르고 있는 친밀감이 낯설고 당혹스러운 듯했다. 녀석은 심술이 났는지 연성이가 극도로 싫어하는 걸 알면서도 핸드폰으로 얼굴 촬영을 했다. 여유가 생긴 연성이는 하지 말라고 핀잔을 주며 가볍게 웃어넘겼다. 놀랍게도, 연성이가 울지 않았던 것이다.

가장 느긋하고 맛있게 먹던 대현이가 볶음밥을 깨끗이 해치울 때까지 기다렸다가 우리는 식당을 나왔다. 내내 싱글거리던 연성이가 갑자기 제안을 했다.

"우리 현준이네 집으로 놀러 가자."

용만이와 대현이도 학원을 까맣게 잊었는지 그러자며 호들갑을 떨었다. 현준이는 당황한 표정으로 단호하게 말했다.

"싫어."

세 명의 아이들은 안타까운 표정을 지으며 포기해야만 했다. 연성이는 진심으로 현준이네 집에 놀러 가고 싶은 얼굴이었다. 아이들은 아쉬움을 삼키며 각자의 집으로 돌아갔다. 나와 현준이는 같은 방향이어서 함께 걸어갔다. 선생님과 단둘이 남게 되자 불편해졌는지 현준의 발걸음이 빨라졌다. 현준이는 집으로 들어가는 골목 앞에서 꾸벅 인사를 하고 황급히 사라져 버렸다.

함께하니까… 참 좋다!

도서실에서 함께 책 읽는 시간이 더해지면서 현준이도 차츰 마음을 열고 연성과 친해졌다. 네 명은 서로서로 친했지만 특히 용만과 대현, 그리고 연성과 현준이가 더 친했다. 녀석들은 한 책상에 모여 앉아서 학습 만화를 읽기도 하고 두런두런 얘기를 나누며 친밀감을 쌓아 갔다. 그러나 뭐니 뭐니 해도 아이들이 가장 친해졌던 건 일주일에 한 번씩 컵라면을 먹을 때였다.

사실 학급에서 혼자와 둘은 엄청난 차이를 갖고 있다. 아무리 약하고 존재감이 없는 아이라도 두 명이 친구로 엮어지면 아무도 함부로 여기지 못한다. 세 명이 넘는다면 적으나마 하나의 세력이 될 수도 있다. 어쨌든 네 명의 아이들은 그럭저럭 서로를 의지하면서 1학년을 무사히 마칠 수 있었다.

나는 학년이 바뀐 뒤에도 아이들이 무사한지 관심을 갖고 지켜보았다. 2학년이 되었을 때 네 명은 뿔뿔이 흩어졌다. 연성이는 매우 산만하고 들썩거리는 반에 배정됐는데, 자신과 비슷한 처지에 있던 민구와 친구가 됨으로써 어려움 없이 학교생활을 해 나갔다.

현준이는 때마침 학교에 '방과 후 공부방'이 생겨서 선생님과 대학생 도우미 형의 따뜻한 보살핌을 받으며 지냈다. 처음엔 공부방 아이들에게 무시를 당하기도 했지만, 선생님들의 헌신적인 관심과 지도로 차츰 적응해 갔다. 마음의 안정을 찾은 현준이는 1학기 기말고사 성적이 전교 8등까지 올랐다. 현준이는 그 후 공부방 아이들의 공부를 도와주는 도우미로 자리매김

했다. 수업 시간에 한결 밝아지고 여유로운 현준이의 얼굴을 볼 때마다 자존감이 높아졌다는 것을 알 수 있었다.

모두 바보가 될 수 있다면 그곳은 곧 천국이다

자신을 열등한 존재로 인식하지 않는 아이들이 몇 명이나 될까? 이야기 속에 등장한 명준이와 형찬이도 전교 10등 안에 드는 아이들이었다. 전교 등수를 다투는 아이들조차도 고통과 불안 속에서 살고 있는 것은 매한가지인가 보다.

거의 모든 청소년들이 스스로를 패배자로 느낄 수 밖에 없는 곳이 오늘날 학교의 현주소다. 이런 학교에서는 나약한 아이들을 괴롭히는 왕따가 사라지기 어렵다. 왕따를 시키는 아이들도, 웃으며 구경하는 아이들도 사실은 바보가 되는 것을 두려워하는 듯하다. 그런데 왕따가 사라지는 길은 자기 안에 있는 바보를 극복하는 길밖에 없다.

바보의 속성에는 세상의 이치를 밝혀 주는 놀라운 역설이 담겨 있다. 무수한 신화와 민담에는 별 볼일 없는 '바보'가 주인공으로 등장한다. 『바보 온달과 평강 공주』의 온달, 『아서 왕 이야기』에 나오는 파르시팔, 영화 〈반지의 제왕〉의 주인공 프로도가 그들이다. 온달은 외적의 침입에서 나라를 구하는 장군이 되고, 파르시팔은 바위 속에 꽂혀 있던 아서 왕의 칼을 뽑고 그의 후계자가 된다. 바보처럼 욕심이 없던 프로도는 반지를 지키는 임무를 끝까지 완수함으로써 세상의 구원자가 된다.

온달, 파르시팔, 프로도 같은, 이야기 속 바보들은 우리 안에 있는 영웅을 상징한다. 그러나 우리는 자기 안의 영웅을 찾는 것보다 자기 밖에 있는 영웅을 숭배하는 것을 더 좋아한다. 자기 안에 있는 영웅을 찾는 건 괴롭고 힘든 일이기 때문이다. 그래서 우리는 자기 안의 영웅을 끝없이 외면하면서 스포츠 스타나 아이돌 연예인에게 열광한다. 그러나 무수한 이야기들은 우리가 자기 안의 바보를 껴안는 아픔을 통과해야만 자기 삶의 영웅이 된다는 것을 가르쳐 준다.

'바보 같다'는 말은 최상급과 최하급을 아우르는 놀라운 표현이다. '바보 같은 놈'보다 더 못난 사람은 없지만 '바보처럼 좋은 사람'보다 더 좋은 사람도 없다. 모두가 바보가 되는 세상보다 더 좋은 세상도 없다.

프로도 같은 사람들이 사는 세상을 한번 생각해 보자. 모두 바보가 된 세상보다 살기 좋은 세상이 있을까? 사실 근본을 파고들다 보면 우리는 저마다 바보 같은 존재들이다. 자신이 어디서 왔고 어디로 가는지도 모르고, 내가 누구이고 왜 태어났는지도 모르는 채 살아가고 있으니까. 이보다 더 우스꽝스러운 일이 있을까?

우리가 자기 안의 나약하고 부족한 모습을 받아들이고 바보 같은 존재라는 것을 인정하면 어떻게 될까? 다 함께 바보가 되면 그곳은 천국이 된다. 이렇게 바보는 신비한 역설을 품고 있다. 다시 말하지만 아이들 안에 있는 바보는 바보가 아니다. '아직 영웅이 되지 못한 미숙한 자아'일 뿐이라는 걸 기억하자.

십대, 왜곡된 이미지에 갇히다

중학생이 된 아들은 언젠가부터 자신을 제외한 가족들이 외출하는 것을 눈에 띄게 반가워했다. 처음엔 게임을 실컷 할 수 있어 좋아하나 보다 싶었는데, 컴퓨터에 남아 있던 기록을 보고 나서야 다른 이유가 있었음을 알게 되었다. 용의주도하지 못했기 때문인지 아니면 부모님이 그 정도는 이해할 거라 믿었기 때문인지, 아들은 야동 사이트 주소를 버젓이 남겨 놓았다. 그때마다 나는 못 본 체 넘어가거나 즐겨찾기에 남아 있던 주소를 지우곤 했다.

현실적으로 아들이 야동 중독이 될 가능성은 거의 없었다. 컴퓨터가 거실에 있을 뿐 아니라 가족들이 잠드는 시간이 비슷했기 때문에 포르노를 볼 수 있는 기회는 한 달에 한두 번 정도였다. 나는 아들이 가끔씩 야동을 보는 것을 나무라지 않고 남자아이의 일상 정도로 여기기로 했다. 한창 자라는 시기에 성에 대해 궁금해하는 것은 당연하니까.

하지만 갑작스러운 한파가 찾아온 11월, 우리 학교에는 호기심으로부터 비롯되었다고 보기엔 더 없이 충격적인 한 사건이 터졌다. 1학년 몇몇 남학생들의 성추행 사건으로 학교가 발칵 뒤집힌 것이다.

여학생들의 신고로 알게 된 남학생들의 성범죄 실태는 가히 충격적이었다. 전교생을 통해 대대적인 설문 조사를 한 후에야, 성범죄가 1학년 여러 교실에서 유행처럼 번졌으며 범죄의 정도가 나날이 심각해지고 있다는 사실을 알 수 있었다. 남학생들이 일말의 죄책감도 없이 여학생들을 함부로 여기게 된 까닭은 무엇일까. 여자아이들을 호기심의 도구로 아무렇게나 대해도 괜찮다는 생각을 하게 된 것은 무엇이었을까.

마음속 고통을 드러낼 수 없는 아이들

4반 담임 선생님으로부터 키가 작고 비쩍 마른 성준이가 여학생들에게 수시로 음란한 문자를 보냈다는 말을 들은 나는 적이 놀랐다. 수업 시간에 본 성준이는 그저 장난치는 걸 좋아하는 아이였기 때문이다.

처음에 성준이는 정희에게 '너랑 놀고 싶다' '사귀자'는 등의 문자를 보냈다고 한다. 정희가 두어 번 거절한 후부터 성준이의 문자는 성적인 욕설로 변했다. 성준이로부터 차마 입에 담을 수 없는 문자를 받은 정희는 심한 노이로제 증상을 보이기도 했다. 성준이의 성희롱은 브레이크가 고장 난 기관차처럼 막 나갔다. 마음에 들지 않는 여학생들에게 술집 여자라는 욕을 서슴지 않았으며, 일부러 정희의 발밑으로 체육복을 떨어뜨린 후 그걸 집는 척하며 치마 속을 들여다보았다.

하루는 이런 일도 있었다. 교실 뒤에서 남자애들을 껴안고 음란한 동작을 하던 성준이가 담임 선생님 뒤로 몰래 다가가 성행위 시늉을 한 것이다. 소풍비를 받느라 정신이 없던 선생님은 한 여학생의 신호로 성준이의 모습을 목격하고는 기겁을 했다.

성준이는 갓난아이였을 적부터 아버지와 단둘이 살고 있었다. 밤늦도록 아버지가 들어오지 않는 집에서 성준이는 게임과 포르노에 빠졌다고 한다. 몇 년간 야동 중독이었던 열네 살 남자아이가 그나마 학교를 결석하지 않고 다닌 것이 기적이었는지도 모른다. 어린아이가 십년 동안 홀로 겪었을 불안과 외로움을 생각해 보니 성준이가 한없이 가여워졌다.

심리학에서는 에로스(성 충동)와 타나토스(죽음 충동)가 동일한 선상에 있다고 말한다. 죽을 것 같은 고통에 짓눌린 개체는 성 충동에 사로잡히게 되는데, 그것은 유전자를 보존하려는 본능의 연장선이라는 것이다. 성 충동과 죽음 충동은 마차의 앞뒤 바퀴처럼 한몸을 이루고 있다. 지독한 외로움 속에서 숨이 막혀 갔던 성준이는 무시무시한 고독에서 벗어날 길을 찾다가 야동의 늪으로 빠졌을 것이다. 그 늪 속에서 성준이의 여성상은 심각하게 오염되고 왜곡될 수밖에 없었다.

포르노의 가장 큰 위해성은 성을 왜곡시킨다는 점이다. 여성을 사물화事物化하는 것은 그보다 훨씬 더 심각하다. 여성을 단지 남성의 욕망을 채우기 위한 도구로 만들면서 생명이 없는 상품처럼 변질시키기 때문이다. 여성의 상품화는 비단 청소년들이 숨어서 보는 포르노만의 문제는 아닌 듯하다. 우리나라 공중파 방송이야말로 성 상품화의 온상이 아닐까. 현재 우리나라의 가요 프로그램은 걸 그룹의 성 행위를 연상시키는 춤으로 도배되어 있다시피 하다. 가요 프로그램보다 더 심각한 것은 온 가족이 함께 보는 예능 프로그램이다. 나이 든 여성 출연자가 아이돌 소년을 만지고 안는 장면이 버젓이 방송되고, 소녀 가수에게 섹시한 춤을 시켜 놓고 아저씨 진행자가 넋을 잃은 채 쳐다보는 모습이 방송되기도 한다.

공중파 방송에서 성인 연예인들이 성적 매력을 드러내는 것과 십대들을 성적 대상으로 삼는 것은 근본적으로 다른 문제를 안고 있다. 연예인이든지 평범한 학생이든지 십대는 '자기 자신이 되는 법'을 배워 나가야 할 시기다. 아이돌의 성 상품화는 아직 정체성을 확립하지 못한 스타들 자신에게, 그리고 그들을 선망하는 무수한 십대들에게 가치관의 심각한 훼손을 안겨 줄 위험을 갖고 있다. 아이들이 상품이 된 스타들에게 열광할수록 그들의 내면에서 '사물화'가 강화되기 때문이다.

게다가 나는 죄책감 없이 범죄를 저지른 남학생들보다, 미온적으로 대응한 여학생들에게 더 큰 충격을 받았다. 왜 여학생들은 남학생들의 행동에 강하게 대처하지 못했을까. 자신의 힘으로 막을 수 없다는 것을 알았는데도 왜 선생님이나 부모님에게 도움을 구하지 않았을까. 여학생들은 당당하게 화를 내고 분명한 목소리를 내기 이전에 수치심을 느꼈을지도 모른다. 몸과 마음의 주인이라는 확실한 인식을 하지 않고 자신의 존재를 제대로 보듬어 주지 않은 셈이다.

다른 사람 때문에 상처를 받고 괴로움에 처해 있으면서도 고통을 드러낼 수 없는 까닭은 오늘날 우리 사회가 아이들을 사물화하고 있기 때문이다. 아이들은 스스로를 돌볼 시간도 갖지 못한 채 각박한 일상에 끝없이 쫓기고 있으니 자신의 존재 가치를 제대로 헤아리지 못한다. 타인은 물론 자기 자신 역시 사물과 같은 존재로 전락시키는 것이다.

천천히 살아가고, 뜨겁게 사랑하는 방법

독일 부모들은 아이의 성적이 떨어져도 아이가 원하지 않으면 공부를 시키지 않는다고 한다. 그들은 자녀가 내일의 성적을 위해서 오늘을 희생하며 사는 것을 원하지 않는다고 말한다. '공부란 자발적인 동기에 의해 즐기면서 하는 것'이라는 확고한 인식을 갖고 있기 때문에 아이가 자신의 흥미와 재능에 맞는 공부를 발견할 때까지 오래도록 기다려 준다.

그것이 가능한 이유는 대학교가 아닌 직업학교를 나와도 평균적인 삶을 누릴 수 있는 독일 사회의 특성 때문이다. 가장 부러운 점은 독일 아이들이 잠을 충분히 자면서 공부를 한다는 사실이었다. 우리나라는 어떤가. 중학교에 들어가면 '특목고'를 목표로 공부하느라 대여섯 시간밖에 잠을 자지 못하며, 고등학생이 되면 하루에 고작 서너 시간 정도 자면서 공부하는 학생들이 태반이다. 실컷 놀고 자야 할 초등학생조차 공부할 게 너무 많다는 이유로 불면증에 시달린다. 우리나라에서는 어른들도 잠이 부족한 생활을 하고 있다. 성공을 향해 달려가기 위해, 또는 밥벌이를 지키기 위해 대부분의 사람들이 충분히 자지 못하며 고단하게 살고 있다.

여기서 주목해야 할 것은, 그렇다면 '독일인들이 보편적으로 추구하는 삶의 질은 무엇인가' 하는 점이다. 대부분의 독일인들

은 하루 세 끼를 먹을 수 있고 여름휴가를 떠날 수 있는 삶이면 충분하다고 여긴다. 우리나라처럼 성공에 절대적인 가치를 두지 않기 때문에 치열한 경쟁이 벌어지지도 않는다. 삶에 대한, 사람에 대한 우리의 마음도 조금 느슨해질 필요가 있지 않을까? 욕심 대신 이해를, 기대 대신 배려를 아이들에게 베푼다면 아이들 스스로도 자신의 존재 가치를 소중하게 깨닫게 될 것이다.

성준이의 담임 선생님은 성추행 사건 이후 성준에게 남다른 애정과 관심을 쏟아부었다. 사실은 성준이가 곁에 다가올 때마다 온몸에 소름이 돋았다고 한다. 그러나 그것을 이겨 내고 성준이가 잘한 행동을 했을 때 머리를 쓰다듬으며 칭찬을 많이 해 주셨다. 성준이는 눈치가 빠른 아이여서 칭찬할 일들을 더 자주 만들었다고 한다.

또한 선생님은 성준이가 연극에 소질이 있다는 걸 알고 연극 동아리 활동을 할 수 있도록 주선했다. 성준이는 교육청 연극 대회에서 주인공으로 활약하여 우리 학교가 금상을 받는 일에 큰 기여를 했다. 대회를 앞두고 하루도 빠지지 않고 늦게까지 연습을 할 정도로, 성준이는 연극에 열정을 쏟았다고 한다.

절대적인 목표에 아이를 가두지 않고 잘못한 부분보다 잘한 부분을 칭찬해 주는 것. 그 단순한 이치가 성준이를 변화시키고 있다.

좋은 마음을 가꾸는 노력

중국의 철학자 순자는 말세에 나타나는 징조에 대해서 이렇게 말했다.

"그 옷은 화려하고, 그 풍속은 음란하다. 그 뜻은 이익을 쫓고, 그 행실은 잡스럽다. 그 음악은 거칠고, 그 글은 간사하며 화려하다. 예의를 천히 여기며 늙고 병든 이들에게 각박하다. 가난하면 도둑질을 하고 부자가 되면 남을 해친다."

지금 우리 사회를 두고 말하는 것만 같아서 괜히 내가 다 뜨끔하다.

인간의 사회를 지탱해 주는 것은 무엇일까. 법과 제도일까. 군대와 경찰력일까. 사회학자들은 사회를 지탱하게 하는 것은 사람의 부끄러움이라고 말한다. 1학년 교실이 성추행으로 아수라장이 되었던 것도 일부 남학생들이 부끄러움을 잃어버렸기 때문이었다.

우리는 부끄러움을 잃어버린 사회에 살고 있다. '최소한의 부끄러움'의 다른 이름은 양심이다. 수많은 부모들이 아이들을 공부 감옥에 가둬 놓고 '다 네가 잘 되게 하기 위해서'라고 말한다. 부모들은 아이들에게 사람이 아니라 상품이 되라고 강요하고 있다. 그런 자신의 모습에서 부끄러움을 느낄 줄 모르는 부모는 사실은 양심을 저버린 거나 다름없다는 생각이 든다. 아이들에게도 양심을 지키는 일은 어렵기만 하다. 공부 감옥에서 잠시 빠져나온 아이들의 영혼은 연예 산업과 게임 산업에 에워싸여 더 깊은 어둠 속에 파묻혀 버린다.

성준의 모습에서도 부끄러움을 찾기 어려웠다. 부모로부터 방치된 채 사회적 성격을 배우지 못했기 때문이리라. 성준이는 1학기 이야기에 등장한 미나와 대극에 서 있는 아이라고 볼 수 있다. 미나는 '무리로 있음'에 갇혀서 내면의 목소리를 잃어버렸고, 성준이는 '혼자 있음'에 갇혀서 부끄러움을 잃어버렸다. 이런 삶을 사는 한 아이들의 양심은 꽃피워 보지도 못한 채 시들 수밖에 없다. 양심. 좋은 마음은 건강하고 행복한 어린 시절에 그 뿌리가 다져진다.

부끄러움은 다른 사람과 지속적인 만남을 가질 때 되찾을 수 있다. 성준이의 삶이 그것을 잘 보여 준다. 성준이는 연극 활동을 하면서 천천히 부끄러움을 아는 사람이 되어 갔다. 지속적인 관계와 함께 양심도 살아났던 것이다.

사람은 다른 사람과의 관계뿐만 아니라 자신과의 관계가 함께 균형을 이룰 때 건강하고 행복한 자아를 갖게 된다. 지금 고독 속에서 방황하고 있다면, 만남 속으로 뛰어들어 보자. 동아리든 강좌든 운동이든 놀이든, 어떠한 방식으로든 사람들을 만나자. 그 만남들이 건강하고 행복한 자아를 되찾게 해 줄 테니까. 좋은 마음을 가꾸는 노력은 열린 소통에서부터 시작되기 마련이다.

2학년 1학기

다 그럴 만한 이유가 있는 시기

못생긴 나 vs. 예쁜 나 vs. 싫은 나

못생긴 나 vs. 예쁜 나 vs. 싫은 나

새로운 아이들과의 긴장된 첫 만남. 2학년 8반 교실은 4층 화장실에서 가장 가까운 데 있었다. 교실 안에는 팽팽한 긴장이 흐르고 있었고 연신 보이지 않는 화살들이 날아다니고 있었다. '한 해 동안 학급을 주도할 아이가 누굴까.' '나하고 맞는 아이는 누굴까.' 무선 전자파가 허공을 가르듯 수십 개의 눈들이 분주하게 오가고 있었다. 담임 경력 십여 년쯤 되면 학기 초의 긴장된 침묵에 익숙해진다. 단 며칠 만에 구멍 난 풍선처럼 긴장이 빠져나가곤 하니까.

나는 슬며시 미소를 지으며 교실을 둘러보았다. 가장 먼저 여학생 일진으로 유명한 찬정이가 눈에 띄었다. 찬정이의 눈치를 살피는 여학생들 표정이 대부분 심각하게 굳어 있었다. 찬정이는 껄렁해 보이는 주미, 유라와 함께 패거리를 이루고 있었다. 나는 찬정이와 눈이 마주쳤을 때 밝게 웃어 주었다. 찬정이도 덩치에 어울리지 않게 쑥스러워하며 웃었다.

"선생님은 어젯밤에 새로운 아이들을 만나면 무슨 말부터 할까 한참 고심했어. 그랬는데, 문득 이 말이 떠오르더라."

나는 분필을 집어 들고 칠판에 '다 그럴 만한 이유가 있다'라고 썼다.

"자, 이 말을 2학년 8반의 주제라고 생각해 주기 바란다. 다 그럴 만한 이유가 있다. 우리 다 같이 한 해 동안 이렇게 생각하면서 생활하자. 교실에서 지내다 보면 꼭 이런 생각이 드는 사람이 있을 거야. '쟤는 왜 저러는지 모르겠어. 정말 이해가 안 되는 애야.' 그렇게 생각하지 말자. 대부분의 갈등은 '정말 이해가 안 돼'라고 생각하는 사람들 때문에 만들어지는 거야. 반면 그럴 만한 이유가 있을 거라고 생각하는 사람은 누구하고도 원만하게 지내지. 선생님도 너희를 그런 마음으로 바라볼 거야. 아무리 사고를 많이 치는 사람이라도 그럴 만한 이유가 있기 때문이라고 생각할 거야. 자, 우리 반 주제가 뭐라고?"

아이들이 별 관심 없는 목소리로 대답했다.

"다 그럴 만한 이유가 있다."

전쟁 같은 눈치작전

해마다 찾아오는 3월은 아이들에게 잔인한 달이다. 생존이냐, 절멸이냐가 갈리는 달이기 때문이다. 나는 2, 3일 만에 판이 다 짜였다는 걸 알 수 있었다. 찬정이와 주미, 유라가 여학생 중 가장 세력이 센 팀이라면 호준이와 윤창이는 남학생 편에서 그러했다. 급식 지원을 받는 여학생 네 명과 싸움 못하는 순둥이 남학생 세 명도 자기들끼리 똘똘 뭉쳐야 살아남는 듯 서로 친구가 되었다.

토요일은 학급 회장을 뽑는 날이었다. 교실로 걸어가던 나는 작년에 찬정이의 담임이었던 장 선생님을 만났다. 장 선생님은 찬정이가 이번 회장 선거에 출마할 거라고 자랑했다는 말을 들려주었다. 작년 2학기 때 찬정이가 회장이 되어서 여간 고생이 많은 게 아니었다며 나를 바라보는 장 선생님의 얼굴에는 근심이 가득했다.

교실에 들어가 보니 찬정이가 싱글벙글한 얼굴로 앉아 있었다. 나는 아이들에게 투표용지를 나누어 준 후 진지한 표정으로 이야기를 시작했다.

“회장은 우리 반의 선장이다. 중학교 2학년이라는 질풍노도의 바다를 항해하는 배의 선장인 거야. 너희들이 알아서 잘 뽑도록 해. 자, 먼저 하고 싶은 사람 손들어 봐. 추천을 해도 된다.

추천할 때는 왜 추천하는지도 꼭 말하도록 하고."

호준이가 가장 먼저 손을 들었다.

"진윤창을 추천합니다. 이유는 성실하기 때문입니다."

공부도 곧잘 하고 믿음직해 보이는 윤창이가 찬정이보다는 회장감으로 낫겠다는 생각이 들었다. 여학생들은 선뜻 추천을 못하고 있었다.

"추천 더 없냐? 그럼, 윤창이 나와서 소견 발표해 봐."

윤창이가 자신 있는 표정으로 나와서 발표를 했다.

"제가 회장이 되면 우리 반을 위해서 최선을 다하겠습니다."

별 준비 없는 소견 발표였지만 나는 개의치 않고 기세를 몰았다.

"윤창이가 회장이 되는 거 찬성하는 사람 박수쳐라."

절반이 조금 넘는 아이들이 박수를 쳤다. 여자아이들은 대개 '이건 아닌데?' 하는 표정을 짓고 있었고 특히 찬정이는 불만이 가득한 얼굴이었다.

"어? 이거 안 되겠다. 박수를 안 치는 아이들이 있네. 찬반 투표해야겠다."

그때 주미가 용기를 내서 손을 들었다.

"쌤! 왜 찬정이는 후보로 안 뽑아 줘요?"

내가 정색하며 되물었다.

"누가 추천했어? 손들고 정식으로 추천을 해야지. 추천 사유도 말하고."

"유라 네가 해."

주미가 떠넘기자 유라가 난처한 얼굴로 말했다.

"싫어. 네가 해."

녀석들은 서로에게 미루며 한동안 실랑이를 했다. 찬정이는 웃는 건지 화를 내는 건지 알 수 없는 표정으로 두 아이를 번갈아 쳐다보고 있었다. 마침내 주미가 쭈뼛거리며 손을 들고 일어섰다.

"이찬정을 추천합니다. 그냥… 재미있을 거 같아요."

"그럼 찬정이 나와서 소견 발표해라."

찬정이는 실내화를 가져오지 않았는지 빨간 양말을 신은 채로 걸어 나왔다. 당당한 발걸음이었다.

"최선을 다하겠습니다."

윤창이보다 더 준비 없는 소견이었다.

투표를 끝내고 드디어 개표 작업이 시작됐다. 이찬정이라는 이름이 예상보다 많이 나왔다. 그럴 때마다 남자아이들 사이에서 불만의 탄성이 터져 나왔다. 윤창이와 찬정이의 득표는 손에 땀을 쥐게 하는 박빙의 승부였다. 찬정이는 여자아이들의 몰표를 받은 듯했다. 결국 찬정 16표, 윤창 15표, 기권 1표가 나왔다. 이쯤 되면 나도 마음을 비울 수밖에 없었다.

"찬정이가 생각보다 인기가 많은가 보다. 회장이 된 찬정이

나와라."

여기저기서 남자아이들의 안타까운 탄성이 다시 터져 나왔다.

실망과 환희가 극명하게 나뉜 교실 안. 나는 아이들에게 무슨 얘기를 해 줘야 할까 고민에 빠졌다. 문득 '성공의 그림자'에 대해 칼 융이 했던 말이 떠올랐다.

"남학생들은 너무 안타까워하지 마. 이 일이 남자아이들에게는 좋은 일이 되고 여자아이들에게는 나쁜 일이 될 수도 있어."

반 아이들 모두가 의아한 얼굴로 나를 쳐다보았다.

"칼 융이라는 심리학자가 있는데 말이야. 그 사람은 주위 사람들에게 자주 이런 질문을 했다고 해."

내가 갑자기 찬정이를 향해 물었다.

"찬정아, 최근에 끔찍한 성공을 한 일이 있니?"

"네?"

찬정이가 당황하며 되물었다.

"때로는 성공이 끔찍한 일을 가져올 수 있다는 말이야. 모든 일에는 그림자가 있는데, 성공에도 그것과 반대되는 그림자가 있다는…."

찬정이를 비롯한 대다수 아이들은 이해가 안 된다는 듯 멍한 표정이었다.

"그래, 새옹지마랑 비슷한 얘기야. 좋은 일이 나쁜 일을 부르고 나쁜 일이 좋은 일을 부른다는 그런 얘기, 알겠니?"

내가 찬정이의 얼굴을 뚫어지게 쳐다보며 말했다.

"찬정아, 네가 회장된 것이 너에게 끔찍한 성공이 되지 않게 해라."

"네, 선생님."

일진도 두려운 친구들의 배신

하지만 찬정이가 회장이 된 지 꼭 일주일 만에 '학교폭력대책자치위원회'라는 긴 이름의 회의가 열렸다. 한때 자신의 패거리였던 여학생들을 찬정이가 폭행한 사건 때문이었다.

회의실에는 찬정이와 현정, 은진, 난주 등 학생 4명과 4명의 어머니, 4명의 담임 교사, 그리고 생활지도부 선생님들과 학부모 임원 등을 포함해서 스무 명 가까이 모여 있었다. 담당 변호사가 인상을 잔뜩 구기며 먼저 입을 열었다.

"이해가 안 되네요. 어떻게 찬정이가 때리는 게 아프니까 현정이가 대신 싸우겠다고 했는지…. 제 상식으로는 이해가 안 되는 정황입니다."

사건의 과정은 대략 이러했다. 처음 찬정이네 패거리는 현정, 은진, 진아, 은혜, 민경이까지 해서 6명이었다. 그러다 몇 달 전부터 찬정이의 허락을 받고 난주가 합류하게 되었다. 문제는 난주가 차츰 찬정이가 아닌 다른 아이들, 특히 현정이와 은진이랑 친해졌다는 데 있었다. 결국 찬정이를 제외한 세 명의 결속력이 더 강해진 것이다. 이에 분노와 배신감을 느낀 찬정이가 난주를 때리고 내쫓았는데, 그 후에도 은진이와 현정이가 난주와 만난 것이 들통 나면서 찬정의 응징이 가해졌다.

그런데 앞서 변호사가 이해가 안 된다고 한 부분은, 찬정이가 난주를 때리려 하자 현정이가 찬정이 대신 난주와 싸우겠다고 나선 점이다. 아마도 제 딴에는 난주가 찬정이에게 맞느니 자신에게 맞는 게 낫다고 판단을 한 모양이다. 난주는 현정이에게 한두 대 뺨을 맞을 때까지만 해도 반격을 하지 않았다. 그러나 다섯 대, 여섯 대로 이어지자 난주도 눈물을 글썽이며 현정이를 때렸다. 난주와 현정이는 싸우기 싫으면서도 싸울 수밖에 없는 눈물겨운 싸움을 하다가 찬정이의 만류로 그만두었다. 난주와 현정이가 싸우는 모습을 본 찬정이는 마음이 풀어져서 난주를 다시 친구로 받아들이겠다고 선언했다. 이로써 모든 게 정리된 듯 보였지만 사실 이는 전초전에 불과했다.

난주와 찬정이의 화해로 기분이 좋아진 현정이는 오랜만에 찬정이네 집에 놀러 갔다. 하지만 깜빡 잊고 메신저 창을 닫지 않았던 게 화근이었다. 현정이가 돌아간 후 컴퓨터 게임을 하려던 찬정이 눈에 충격적인 글들이 들어왔다. 메신저 창에는 난주가 현정이에게 보낸, 찬정이에 대한 온갖 욕들이 올라와 있었다. 그 후 난주와 현정이는 찬정이가 무서워서 학교에 못 가겠다고 무단결석을 하다 기어이 가출을 했다. 생활지도부장이 간단한 상황 설명과 함께 이런 말을 덧붙였다.

"현정이와 난주는 찬정이 때문에 학교에 안 나오기도 했지만, 학교에 나오는 것 자체가 싫어서 안 나온 측면도 있습니다. 특히 현정이는 허구한 날 무단 외출과 무단결석을 밥 먹듯이 했거든요."

이어 자기 딸을 변호하는 어머니들의 발언이 이어졌다. 회의 분위기는 '모든 게 찬정이 때문에 일어난 일'이라는 방향으로 흘러가고 있었다. 마지막으로 찬정이 어머니가 진술을 했다.

"찬정이가 친구들을 때린 건 저도 잘못했다고 인정합니다. 그런데 예전에 한번 이런 적이 있어요. 찬정이가 유도 선수였던 여자애한테 피 터지게 얻어맞고 들어온 거예요. 너무 화가 나서 그날 밤 여자애 집에 찾아가 보니 애 엄마를 만날 수도 없었고 너무 가난했어요. 기다리다 보니 같이 자식 키우는 부모라서 이해도 되고 해서 그냥 용서하고 돌아왔습니다. 어쨌든 지난주에 어머니들끼리 만나서 다시는 찬정이가 다른 아이들을 괴롭히지도 않고 만나지도 않기로 합의를 했어요. 그러니까 이번 사건은 선처해 주시길 부탁드립니다."

찬정이의 담임으로서 나도 변론을 했다.

"찬정이는 지난주 회장 선거에서 회장이 됐습니다. 교내 봉사 5일 이상의 징계를 받게 되면 회장 자격을 잃게 됩니다. 찬정이가 저지른 잘못이 크지만 그것만으로 평가하지 말았으면 합니다. 찬정이는 선생님들께 예의도 바르고 무단결석이나 지각을 하지 않는 아이입니다. 학생이 낙심하여 의욕을 상실하지 않도록 결정됐으면 좋겠습니다."

학교폭력대책 자치위원회 위원들이 징계 수위를 결정하는 동안 찬정이와 어머니는 복도에서 초조하게 결과를 기다렸다. 다행히 '3일 교내 봉사'가 나왔다. 덕분에 찬정이는 회장직을 유지할 수 있게 되었다.

배움은, 한 번에 하나씩만 해도 충분해

"아이마다 그 안에 한 신이 있다. 아이를 틀에 맞추려는 우리의 시도는 그 신을 악마로 바꾸어 놓는다. 아이들이 우리 학교에 올 때는 세상을 미워하고, 파괴적이고, 버릇없고, 거짓말하고, 도둑질하고, 성질이 고약한 작은 악마들이다. 그러나 6개월 후 그들은 악을 행하지 않는 행복하고 건강한 아이들이 된다."

최초의 대안 학교를 만든 알렉산더 닐이 한 말이다. 서머힐은 1920년대에 창설된 영국의 소규모 대안 학교다. 이곳에 입학한 학생들은 일반 학교의 방식을 견디지 못하고 부적응하다 뛰쳐나온 아이들이 대부분이었다. 서머힐에서는 학생들 스스로 수업을 받고 싶을 때까지 교실에 들어가지 않을 자유가 있었다. 대신 아이들은 공작실에서 뭔가를 만들거나 그림을 그리거나 들에서 뛰어놀았다.

그들이 스스로를 억압했던 분노와 원한을 극복하는 데는 약 6개월의 시간이 걸렸다고 한다. 반년이 지나니 모두가 자발적으로 공부를 하고 싶어 했고, 어느덧 배움을 사랑하는 아이들로 변화되어 있었다. 아이들에게는, 오염되고 황폐해진 마음의 밭이 다시 회복될 수 있는 시간이 필요했던 것이다. 서머힐 학교는 '아이들은 누구나 가슴 속에 배움의 씨앗을 품고 있는 존재'라는 사실을 증명해 주었다.

나는 일주일에 한 번씩 찬정이와 이야기를 나누기로 했다. 찬정이 스스로 자기 안에 있는 씨앗을 발견하도록 도와주고 싶었다. 찬정이도 서머힐 아이들처럼 '배움을 얻을 수 있는 아이'가 될 거라 믿었다. 무엇보다 찬정이는 눈빛이 살아 있었다. 내가 찬정이에게 강조한 것은 딱 한 가지였다.

"찬정아, 선생님은 네가 어떤 잘못도 저지를 수 있다고 생각해. 순간의 실수로 잘못된 선택을 할 수도 있고, 학교 규칙을 어길 수도 있어. 중요한 건 그 다음이야. 너는 그럴 때마다 반드시 한 가지씩 배워 가면 되고 잘못을 반복하지 않으면 되는 거야. 지난번 학교폭력대책 자치위원회에서 교내 봉사 3일 징계를 받았잖아. 여기에서 뭘 느껴야 할까?"

"또 그런 위원회가 열리면 안 된다는 거요…."

"왜 안 되지?"

"교내 봉사를 5일 이상 받게 될 거고, 그러면 회장도 그만둬야 하니까요."

"그렇지!"

찬정이는 늘 두 눈을 반짝이며 내 말을 귀담아 들었다. 더 이상 후배들이나 친구들에게 폭력을 휘두르거나 물건을 빼앗지도 않았다. 그러나 한 달 후, 찬정이는 내가 상상하지 못했던 사고를 저질렀다.

콤플렉스에서 비롯된 엇나간 사랑 방식

키 172센티미터. 몸무게는 절대 비밀. 찬정이가 휘두르는 주먹이 등짝에 꽂히면 제아무리 덩치가 좋은 남학생들조차도 자지러지게 비명을 지른다. 찬정이가 눈을 부릅뜨고 콧김을 내뿜으면 같은 반 학생들은 자리를 슬슬 피했고 후배들은 무서움에 벌벌 떨었다. 찬정이를 예뻐하는 여자 선생님은 거의 없었다. 찬정이의 우락부락한 외모에서 두려움을 느끼기 때문인

듯했다.

찬정이는 신입생들이 들어오자마자 1학년 교실을 뻔질나게 드나들었다. 그러다 '1학년 킹카'라고 소문이 난 정재에게 꽂혔다. 정재는 키가 크고 잘생겼으며 남자다웠다. 게다가 노는 부류의 학생도 아니었다. 그저 자신에게 싸움을 거는 아이들을 하나둘 무너뜨리다 보니 알게 모르게 유명해질 수밖에.

찬정이는 학교 근처 놀이터로 정재를 자주 불러냈다. 갓 중학교에 입학한 정재는 선배의 명령을 거절할 수 없었다. 어느 날, 2학년 여학생 대여섯 명과 1학년 남학생 세 명이 모였다. 공교롭게도, 복학생이었던 희주가 그 자리에 함께 있던 게 화를 불렀다. 가출과 무단결석을 밥 먹듯이 하던 희주는 1학년 후배들에게 담배를 피워 보라고 했다. 겁먹은 후배들은 몇 번 사양하다가 담배를 피웠다.

사건이 알려지게 된 것은 희주가 학교에서 몰래 피울 요량으로 후배들에게 담배를 맡긴 일에서 비롯되었다. 희주는 찬정이에게 담배 보관을 부탁했고 찬정이는 정재에게 담배를 떠넘겼다. 다음 날 1학년 교실 복도에서 찬정이가 정재에게 담배를 건네받는 순간, 생활지도부 선생님이 그 모습을 보게 되었다. 희주의 심부름을 하다가 제대로 걸린 것이다. 그리하여 사건의 전말이 드러나게 되었다.

정재는 부모님이나 선생님에게 알리지도 못한 채 오래도록 찬정이의 강압에 시달렸다고 한다. 찬정이는 노래방으로 정재와 그 친구들을 불러서 데리고 놀기도 했다고 고백했다. 1학년 학부모들이 가장 분개한 일은, 자식들이 노래방에서 무릎을 꿇고 찬정이에게 술을 따랐다는 사실이었다. 중학교에 갓 들어온 남자아이들이 얼떨결에 접대부 노릇을 한 것이다.

폭력 사건이 아니었기 때문에, 이번에는 선도 위원회가 열렸다. 피해 학생들과 학부모님들 앞에서 찬정이와 찬정이 어머니가 백배사죄를 했다. 찬정이가 '피해학생 접근금지 서약서'를 제출하고 명령을 이행하는 것으로 사건은 마무리되었다. 생활지도부에서 더 큰 징계를 내리고 회장직을 박탈할 수 있었으나 담임을 믿고 선처해 준 측면이 컸다. 찬정이는 자신의 어머니가 정재 부모님에게 머리 숙여 사죄하는 모습을 본 뒤로는 정재를 건드리지 않았다.

며칠 뒤 나는 국어 선생님으로부터 당황스러운 이야기를 전해 들었다. 찬정이가 썼다는 작문의 내용이 그것이었는데, 남자애들보다 덩치 큰 자기 몸에 대한 부끄러움으로 글이 도배되어 있다는 것이다. 알고 보니 찬정이에게는 내가 상상조차 하지 못했던 상처가 감춰져 있었다. 항상 씩씩한 찬정이지만 사실 외모에 대한 콤플렉스가 뼛속 깊이 존재했던 것이다. 몇 주 후 시험 감독을 하던 나는 찬정이의 책상 위에 쓰여 있던 낙서를 발견했다.

'아름다운 그녀 찬정'

'찬정이는 S라인 명품 몸매!'

'우리 학교 최고 미녀, 몸매 짱 찬정'

나와 눈이 마주친 찬정은 씨익 웃으며 이렇게 말했다.

"헤헤, 이거… 그냥 심심해서 낙서한 거예요."

찬정이는 여장부처럼 단단한 모습이지만 사실은 누구에게도 말할 수 없는 고민이 가득했던 게 아니었을까. 역도 선수만큼 큰 덩치, 예쁘지 않은 얼굴… 게다가 공부까지 바닥이었던 찬정이는 어쩌면 교실에서 가장 빈곤한 자존감을 느끼며 지냈던 건 아니었을까. 그나마 힘이 세고 일진이라는 권력 덕분에 학교생활을 버텼는지도 모를 일이었다.

크고 작은 잘못을 저지르며 내 머릿속을 끊임없이 복잡하게 만드는 아이. 하지만 자신을 믿어 주는 만큼 믿을 만한 존재가 되는 아이. 배움을 얻으면 그것을 가슴에 품고 자라날 수 있는 아이. 나는 찬정이를 한 번 더 믿기로 했다. 예쁘다는 말 앞에 부끄러움을 느끼지 않고 자신만의 '예쁜' 모습을 찾아낼 수 있기를. 찬정이의 진정한 배움은 지금부터 시작인지도 모른다.

마음속 상처의 노예가 아니라 주인이 되어라

사람에게는 자신이 지닌 '우월한' 면을 발달시키려는 본능적인 기질이 있다. 이는 어린 시절 부모로부터 인정받거나 칭찬을 받는 것에서 비롯되는 자연스러운 과정이다. 그 과정에서 열등한 성격들은 무의식 속으로 보내지는데, 이것을 '그림자'라고 한다. 분노, 두려움, 회피, 의존성 등이 그것이다.

한편 콤플렉스는 아이가 부모로부터 지속적인 상처를 받게 될 때, 자아를 지키기 위해서 만들어 내는 방어 시스템이다. 이때 사람은 앞서 말한 '그림자'를 사용하는데 대개 분노로 공격하거나, 모르는 체 회피하거나, 강한 상대에게 의존하는 방법 등으로 나타난다.

청소년이나 어른이 된 후에도 어린 시절 겪은 상처와 비슷한 경험을 하게 되면 자동적으로 방어 시스템이 작동된다. 찬정이는 큰 덩치와 예쁘지 않은 얼굴 때문에 '외모 콤플렉스'를 갖고 있었다. 찬정이가 콤플렉스를 공격당하지 않기 위해 사용한 무기는 힘과 깡이었다. 인근 학교 일진들도 두려워할 정도로 찬정에게는 적수가 없었다. 찬정이는 잦은 부상을 당하면서도 고단한 1인자의 생활을 포기하지 않았다.

〈매트릭스〉는 콤플렉스를 이해하는 중요한 열쇠를 갖고 있는 영화다. 콤플렉스에 갇혀 있는 사람은 '매트릭스'에 갇혀 있는 사람과 매우 흡사한 상태이기 때문이다. 매트릭스가 참된 현실이 아닌 것처럼 우리의 무의식에 프로그래밍 되어 있는 콤플렉스 역시 가상 현실이다. 무의식 속에서 잠자고 있던 콤플렉스는 외부의 말이나 공격으로 자극을 받게 되면 지체 없이 방어 기제를 작동시킨다. 자동 프로그램처럼 분노나 의존성, 회피 등의 무기가 튀어나오게 된다.

사람은 누구나 콤플렉스를 갖고 있기 마련이다. 그러나 그 콤플렉스는 부모와 사회가 우리에게 심어 준 프로그램에 불과하다. 우리의 기억 속 어느 시절에 머무는 상처가 만들어 낸 낡은 프로그램이다.

콤플렉스를 극복하는 건 분명 쉽지 않은 일이다. 그러나 영화의 주인공이었던 네오가 파란 약을 먹고 매트릭스를 탈출한 것처럼, 콤플렉스를 벗어날 수 있는 해법은 분명히 있다. 우리가 누군가의 자극에 분노나 두려움을 느낄 때, 콤플렉스 프로그램이 작동되고 있다는 것을 '알아차리기'만 하면 된다. 그것을 알아차리는 순간, 비로소 자신이 현실이 아니라 콤플렉스를 작동시키는 어떤 기억 속에 갇혀 있다는 걸 깨달을 수 있다.

인생은 상처받는 것으로 끝나지 않는다. 중요하고 본질적인 질문은 '내가 상처의 주인이 되느냐, 상처가 나의 주인이 되느냐' 하는 것이다. 우리는 각자 마음속 상처를 갖고 있지만, 이를 이겨 낼 힘도 동시에 갖고 있다. 지금 갖고 있는 상처는 언젠가 누군가의 상처를 치유할 수 있는 약이 될 게 분명하다.

2학년 2학기

교실만 아니면 어디든 괜찮다는 아이들

왜 나만 이 모양인지 모르겠어
자꾸 몸이 아픈 아이

왜 나만 이 모양인지 모르겠어

가을바람이 솔솔 불기 시작하면서 수진이의 결석병이 도졌다. 9월의 마지막 날이 되어서야 수진이는 2주 만에 학교에 나왔다. 조회 시간에 수진이를 본 나는 반갑게 말을 걸었다.

"수진이 왔구나!"

수진이는 나를 향해 엷게 미소를 짓고는 멀뚱히 앉아 있었다.

1교시가 끝났을 무렵, 수진이가 오만상을 찌푸리며 교무실로 나를 찾아왔다.

"선생님, 저 조퇴할래요."

까닭인즉슨, 아이들이 자꾸 자신을 힐끗거리며 수군거려서 교실에 있을 수가 없다는 거였다.

"혜윤이도 너한테 아는 체 안 했어?"

혜윤이는 1학년 때부터 수진이와 친했던 아이였다.

"아뇨…. 머리도 너무 아프고… 내일부터 잘 다닐게요."

수진이의 얼굴은 피로감에 찌들어 있었다.

"그러지 말고 오늘부터 잘 다녀. 오늘을 이겨 내야지 내일도 이겨 낼 수 있는 거야."

시무룩한 얼굴로 교실에 올라간 수진이는 그 길로 집에 가 버렸다.

결석이 세상에서 제일 쉬운 아이

1학기 초만 해도 수진이는 거의 눈에 띄지 않는 아이였다. 하지만 4월 말부터 월요일마다 결석을 하기 시작하더니 결석하는 기간이 이틀, 사흘로 점점 늘어 갔다. 6월이 되자 닷새나 일주일 만에 학교에 나타났다. 7월 초, 보름 만에 나타난 수진이를 크게 혼내려고 교무실로 불렀다.

수진이는 거슴츠레한 눈을 연신 깜빡였다. 눈썹이 자꾸 각막을 찔러서 눈을 뜰 수가 없다고 했다. 쌍꺼풀 수술을 해서 눈썹이 찌르지 않게 해야 하는데, 아버지가 병원에 데리고 갈 생각을 하지 않는다고 투덜거렸다.

수진이는 아버지를 종종 '그 인간'이라고 불렀다. 그날 나는 '따님을 병결로 처리해 드릴 테니 일단 수술을 시키는 게 좋겠다'는 편지를 써서 수진이 아버지에게 보냈다. 다행히 아버지가 승낙해 주셔서 수술을 할 수 있게 되었다. 그러나 수진이의 쌍꺼풀 수술은 실패로 끝나고 말았다. 동네의 허름한 병원으로 간 게 화근이었다. 고령의 의사 선생님은 주삿바늘로 몇 번 눈을 찔러 대더니 마취가 잘 안 되는 눈이라 수술할 수 없다고 말했다고 한다. 학교로 돌아온 수진이는 각막이 눈을 찌르지 않는지 더 이상 얼굴을 찡그리지 않았다. 어쩌면, 단순히 쌍꺼풀 수술을 하고 싶어서 연극을 했던 건지도 모른다는 생각도 들었다.

수진이는 아버지와 단둘이 살고 있었다. 어머니는 다섯 살 때 집을 나갔고, 일곱 살 많은 언니는 2년 전 스물이 되자마자 독립을 했다. 악성 위염을 앓던 아버지의 병세는 위암으로 악화가 되었다. 수진이는 수유리에 살고 있는 어머니와 자주 연락하며 지냈고, 방학 때는 며칠씩 어머니의 단칸방에 가서 살기도 했다. 어머니와는 그렇게 간간이 만나며 지내는 모양이었다.

반 아이들은 걸핏하면 학교에 오지 않는 수진이에게 깊은 반감을 갖고 있었다. 담임 선생님이 수진이를 혼내지 않고 특별대우한다고 불평하는 아이도 있는 듯했다. 반 아이들에게 수진이에 대해 이야기할 필요가 있다는 생각이 들어 종례 시간에 어렵게 말을 꺼냈다.

"너희들에게 수진이의 사정에 대해서 미리 말을 해 줬어야 했는데 내가 좀 잘못한 거 같구나. 자세한 이야기를 다 할 수는 없지만 수진이는 아주 힘들게 살고 있어. 가족이 많이 아파. 너무 심하게. 이 정도 얘기하면 무슨 병인지 눈치챌 수 있겠지? 수진이는 하루하루 사는 게 지옥인 아이야. 그러니까 수진이가 마음에 들지 않아도 너희들이 이해를 좀 해야 돼."

아이들은 여전히 시큰둥한 표정이었다.

"이런 생각이 드는 사람도 있을 거야. '나도 아침마다 학교에 오는 게 죽기보다 싫지만 이를 악물고 다니는데 걔는 뭐라고 제멋대로 안 나오는 거야?'라고 말이지. 선생님은 그런 아이들에게 우리 반 주제를 상기해 달라고 부탁하고 싶다. 재균아, 우리 반 주제가 뭐지?"

딴짓을 하고 있던 재균이에게 내가 물었다. 재균이가 머뭇거리자 옆에 있던 여자애가 살짝 가르쳐 주었다. 그제야 재균이는 멋쩍은 얼굴로 대답했다.

"다 그럴 만한 이유가 있다…."

"그래. 수진이도 다 그럴 만한 이유가 있어서 그러는 거야. 그래서 말인데, 오늘 선생님이 수진이네 가정 방문을 갈까 하는데, 같이 갈 사람?"

아무도 손을 들지 않았다. 나는 수진이와 친한 편이었던 혜윤이와 나라에게 물었다.

"혜윤이랑 나라 같이 안 갈래? 너희들이 같이 가 줘야지, 누가 가 주겠니?"

나라는 방과 후 수업이 있다며 거절했고, 혜윤이는 어떻게 해야 좋을지 모르겠다는 표정으로 머뭇거렸다.

"그럼, 찬정이가 같이 가자. 1학기 회장이 이럴 때 힘 좀 써야지. 주미랑 유라도 같이 가면 더 좋고."

찬정이가 친구들과 눈빛을 교환한 후에 크게 대답했다.

"네, 선생님! 갈게요."

가정 방문을 가다

수진이네 집은 학교에서 십 분 거리에 있었다. 뒤늦게 함께 가기로 한 혜윤이가 다행히 집 주소를 알고 있었다. 수진이가 살고 있는 다세대 주택 2층으로 올라가기 위해서는 쪽문으로 들어가야 했다. 하지만 쪽문은 굳게 잠겨 있었다. 문 옆에 붙어 있는 초인종도 고장 난 지 오래된 듯 보였다. 혜윤이가 2층을 향해 수진을 몇 번 불러 보았지만 묵묵부답이었다. 나는 아이들을 근처 분식집으로 데리고 들어갔다.

"수진이가 올 때까지 여기서 밥 먹으면서 기다려 보자."

그 말에 아이들의 입이 귀에 걸렸다. 맛있게 비빔밥과 냉면 등을 시켜 먹던 중 내가 말을 꺼냈다.

"얘들아, 수진이를 어떻게 도와줄 수 있을까? 수진이가 편하게 학교에 나올 수 있도록 우리가 도와줄 수 있는 일이 뭐 없을까?"

아이들은 저마다 생각에 잠겼지만 좋은 방법이 떠오르지 않는 듯했다. 그때 찬정이가 눈빛을 빛내며 말했다.

"선생님, 수진이한테 롤링 페이퍼를 써 주면 어떨까요?"

내가 반색을 하며 말했다.

"찬정아, 너 어떻게 그런 기발한 아이디어를 생각해 냈니?"

마침 내가 생각하고 있던 게 바로 롤링 페이퍼였다.

"그럼, 어떻게 할까? 일단 예쁜 도화지를 준비해야겠지? 누가 사 올래?"

"제가 살게요."

유라가 선뜻 나섰다. 나는 유라에게 천 원짜리 두 장을 건네주었다.

"너희들이 자발적으로 롤링 페이퍼를 쓰는 게 중요해. 선생님이 시켜서 하는 거라고 하면 애들이 안 쓰려고 할 거야."

"선생님, 걱정 마세요. 찬정이가 쓰라고 하면 애들이 다 잘 쓸 거예요."

주미가 웃으면서 말하자 유라도 거들었다.

"헤헤, 그럼요. 맞기 싫어서라도 다 쓸 거예요."

우리는 밥을 먹고 수진이네 집으로 한 번 더 찾아가 봤지만 여전히 문은 굳게 닫혀 있었다.

수진이가… 변했다?

다음 날, 아이들은 예쁘게 쓴 롤링 페이퍼를 리본에 묶어서 가지고 왔다. 그러나 수진이는 그날도 그 다음 날도 학교에 오지 않았다. 사흘째 되는 날, 내가 수진의 아버지에게 전화를 걸었다. 아버지에게 연락을 받았는지 수진이는 내가 퇴근할 무렵 학교에 나타났다.

"이거 아이들이 너 빨리 학교에 나오라고 쓴 편지야. 집에 가서 읽어 보고, 아이들이 네 생각만큼 너를 미워하지 않는다는 걸 잘 느껴 봐. 내일부터는 꼭 학교에 나오고."

롤링 페이퍼를 받아 든 수진은 흐뭇한 표정으로 집에 돌아갔다.

다음 날부터 수진이는 학교에 나왔다. 나중에 안 사실이었지만 수진이가 다시 나오게 된 데는 찬정이의 역할이 컸다. 롤링 페이퍼를 받았던 날 밤, 수진이는 피시방 앞에서 찬정이를 만났다. 찬정이가 장난스럽게 호통을 치며 물었다.

"야, 김수진! 너 왜 학교에 안 나와?"

수진이는 대답 대신 쓴웃음만 지었다.

"너, 우리가 쓴 롤링 페이퍼 봤지? 내일은 꼭 학교에 와라. 안 오면 죽는다."

농담 반 협박 반으로 호통을 치고 나서 찬정이는 웃으며 덧붙였다.

"수진아, 걱정하지 말고 학교에 나와. 내가 잘해 줄게."

찬정이가 무서웠기 때문인지 고마웠기 때문인지 모르지만, 어쨌든 수진이가 학교에 나타났다는 것만으로도 기분 좋은 일이었다. 중간고사 기간까지 수진이는 꼬박꼬박 학교에 잘 나왔다.

시험 마지막 날 수진이가 교무실로 찾아왔다. 그러고는 자신이 학교에 잘 다녔다는 사실을 언니에게 말해 달라고 부탁을 했다. 이유를 묻자 자초지종을 들려주었다.

"중간고사 일주일 전에 언니한테 쇠 파이프로 맞았어요."

나는 비로소 수진이가 착실해진 이유를 알게 되었다. 수진이에게 가장 무서운 존재는 아버지도 찬정이도 아닌, 바로 친언니였다.

"엄마는 널 때릴 자격이 없을지 모르지만, 난 널 키웠기 때문에 때릴 자격이 충분히 있어."

수진이의 언니는 동생에게 이렇게 말하며 때렸다고 한다.

어머니가 집을 나갔을 때 수진의 언니는 초등학교 6학년이었다. 언니는 그때부터 수진이의 머리를 빗기고 아침밥을 차려 먹이면서 학교에 보냈다. 재작년에 집안 형편이 안 좋았을 때는 언니가 자신의 급식비로 수진의 급식비를 대신 내주기까지 했다.

수진이의 언니는 쇠 파이프로 동생의 엉덩이를 무지막지하게 내리쳤다. 수진이는 엎드린 채로 순순히 스무 대를 다 맞았다.

"앞으로 너희 선생님하고 매일 통화할 거야. 또 사고 치거나 학교에 한 번이라도 빠지면 그땐 이백 대 맞을 줄 알아, 알았어?"

그렇게 해서 학교에 나온 것이었다. 수진이 언니는 동생과 한 가지 약속을 하기도 했다. 중간고사 마지막 날까지 결석을 하지 않으면 십만 원을 주기로 한 거였다. 수진이가 지옥처럼 느껴졌던 교실에 앉아 있을 수 있었던 건 돈 때문이었을지도 몰랐다. 어쨌든 나는 수진이 언니에게 전화를 걸어 수진이가 학교에 잘 다닌다고 말해 주었다.

할 수만 있다면, 가족을 벗어나고 싶어

소설 『아홉 살 인생』(위기철 지음, 청년사, 2001)에는 산동네 꼬마들의 대장인 검은 제비가 나온다. 열세 살인 검은 제비의 꿈은 아버지를 제 손으로 죽이는 것이다. 검은 제비의 아버지는 술만 먹으면 집에 들어와서 아내를 죽일 듯이 팼다. 살림살이를 깨부수고 이불이며 옷가지들을 길바닥에 내다 버리기도 했다. 그러고는 동네 사람들에게 이렇게 하소연하며 술주정을 했다.

"동네 사람들아, 들으소. 이놈의 집구석에는 아비 잡아먹는 귀신들만 살고 있소. 여편네란 년은 서방 밥도 안 주고, 애새끼들은 아비 보기를 개똥 보듯 한다오. 이런 놈의 집구석은 탕탕 부숴 버려야 한다오."

수진이에게서 아버지에 대한 이야기를 들을 때마다 검은 제비의 아버지가 떠올랐다. 검은 제비의 아버지와 수진이 아버지는 많이 닮았다. 수진이 아버지도 술만 마시면 수진이에게 아비 대접을 못하는 딸이라면서 학교에 다니지 말라고 패악을 부렸다. 수진이는 새벽 두세 시까지 아버지에게 시달림을 당하고 난 다음 날이 되면 어김없이 결석을 했다.

그나마 다행인 건, 수진이의 아버지가 성실하다는 점이었다. 회사에 꾸준히 다니며 생활비를 벌어 왔고 술이 깨면 수진이에게 학교에 가라고 했다. 언젠가 무단결석한 수진이 때문에 통화를 하다가 아버지로부터 이런 얘기를 들은 적이 있었다.

"걔가 왜 이렇게 말을 안 듣는지 모르겠어요. 제가 만날 그러거든요. 학교 공부가 중요한 게 아니라 인간이 되는 게 중요한 거라고요."

어쩌면 검은 제비의 아버지와 수진이의 아버지는 자기만의 '신념'에 사로잡혀 있는 건 아닐까. 그들 또한 부모로부터 '공부보다 인간이 되어야 한다'는 훈계를 들으며 자랐을 것이다. 하지만 이런 말이 아이들에게는 귀찮은 잔소리일 뿐이라는 사실을 이해했어야 했다.

그들에게는 자녀에 대한 신념을 수정하고 유연하게 대처할 수 있는 새로운 배움이 필요한지도 몰랐다. 부모가 끊임없이 자신을 성찰하며 성숙한 인간으로 성장해 가는 모습을 보여 줘야, 아이들 역시 '인간이 되는 길'을 배울 수 있다. 그렇지 않으면 아이들은 가족을 벗어나고픈 욕망이 간절해질 수밖에 없다. 수진이가 그랬다. 수진이는 가족을 벗어날 궁리만 하는 아이처럼 보였다.

청소년이 되면 부모를 떠나 친구들과의 유대 관계가 강화되는 것이 자연스러운 현상이라고 한다. 또래들과 어울리며 사회적 관계를 습득해야 할 아이가 부모의 품을 떠나지 못하면 유아적인 상태에 머물게 되기 때문이다. 하지만 친구 관계가 건강하기 위해서는 돌아갈 가족이 있어야 한다. 가족이 거세된 '아이들만의 관계'는 불안하고 위태롭기 때문이다. 수진이는 옆 학교에 다니는 은별이와 과잉된 친구 관계를 맺고 있었다. 이들은 친구 사이를 넘어 유사 가족 관계이기도 했다. 수진이는 은별이로부터 학교를 뛰쳐나왔다는 문자가 오면 주저 없이 학교를 빠져나갔다. 수진이와 은별이는 위로와 힘을 주고받는 유일한 관계였다. 서로 알고 지냈던 수진이 아버지와 은별이 아버지는 어떻게 해서든지 둘의 관계를 떼어 놓으려 했다.

풀어내지 못한 마음속 이야기들

비가 부슬부슬 내리던 월요일에 수진이는 또 결석을 했다. 월요일마다 학교에 오지 않는 병이 또 도진 것이다. 다음 날 아침 학교에 나타난 수진이는 표정이 그리 밝지 않았다. 나는 점심시간에 수진이를 불러서 이런저런 이야기를 나누었다.

"왜 저는 저하고 비슷한 애들하고만 친구가 되는지 모르겠어요. 새엄마하고 사는 애, 엄마가 다른 남자와 동거하는 애, 엄마와 별거한 애… 다 그런 애들이에요."

수진이는 어처구니없다는 표정으로 한탄을 했다. 수진이의 절친 은별이도 새엄마와 살고 있었다. 은별이는 초등학교 때 왕따를 당한 적이 있는데, 그때 은별이의 엄마는 반 아이들에게 아이스크림을 돌렸다. 그러자 아이들은 은별이를 괴롭히면 또 아이스크림을 얻어먹을 수 있다면서 더 괴롭혔다고 한다. 그 후 은별이는 야구 방망이로 다른 아이를 때릴 정도로 독하게 변했다.

세상 쓴맛을 다 본 사람처럼 수진이가 씁쓸하게 말했다.

"이젠 아빠가 무섭지도 않아요. 아빠가 때리면 가출해 버릴 거예요. 작년에도 아빠가 때려서 두 달 동안 친구네서 살았어요. 그때부터 아빠는 몽둥이를 옆에 놓고 협박만 해요."

잃을 게 없는 수진이가 가장 싫어했던 건 핸드폰을 뺏기는 일이었다. 시험이 끝나는 날 아빠에게 핸드폰을 뺏긴 수진이는 금단 현상 같은 증상을 보이고 있었다.

"교실에서 지내는 게 너무 힘들어요. 나 말고 다른 애들은 전부 나와 너무 다른 사람들 같아요. 쉬는 시간마다 은별이에게 문자 보내고 통화를 할 수 있을 때는 견딜 만했어요. 그런데 지금은 핸드폰이 없으니까 정말 정신병자가 될 거 같아요."

수진이는 마음속에 있는 얘기를 풀어내지 않으면 답답해서 죽을 것 같다고 말했다. 나는 수진이에게 수업보다 대화가 더 시급하다는 진단을 내렸다. 3학년으로 진급하느냐, 못하느냐는 둘째 문제였다.

"수진아, 이렇게 하자. 당분간 교실에 들어가지 말고 상담실에서 책 읽고 영화 보고 선생님하고 얘기도 나누자. 교실에는 마음의 안정을 찾게 된 후에 들어가기로 하고. 어때?"

수진이는 뛸 듯이 기뻐했다. 마치 감옥에서 막 풀려나온 사람의 얼굴이었다.

다음 날부터 수진이는 학생 상담실에서 책을 읽거나 내가 추천해 준 영화를 보며 지냈다. 나는 수진이와 가능한 한 대화를 많이 나누려고 했고 수진이는 내게 많은 이야기를 들려주었다.

"밤마다 아버지를 죽이는 꿈을 꿔요. 칼로 찔러서 죽이기도 하고 불을 질러서 죽이기도 해요. 며칠 전에는 아버지가 창문을 고치고 있었는데, 확 밀어서 길바닥으로 떨어뜨리고 싶었어요."

"아버지가 불쌍할 때도 있어요. 명절에 할아버지 댁에 가면 다른 친척들은 거실에서 즐겁게 얘기하고 노는데, 아버지는 방에서 나오지 않고 혼자만 있거든요. 엄마가 없어서 그런 거 같아요."

"어렸을 땐 엄마가 없어도 힘들다는 생각을 거의 하지 않았어요. 그때는 어린이집에서 발표회 할 때마다 중학생 언니가 머리도 묶어 주고 치장해 주는 게 그렇게 싫었어요. 지금은 엄마처럼 절 보살펴 준 언니에게 정말 고마워요."

한번은 수진이가 어린 시절 사진을 들고 와서 보여 준 적이 있다. 엄마가 집을 나가기 전, 그러니까 다섯 살 이전의 사진들이었다. 수진이는 볼살이 통통한 얼굴로 해맑게 웃고 있었다. 아빠,

엄마, 언니와 바닷가에 놀러 가서 찍은 사진에는 한때 단란하고 행복했던 '가족'이 있었다. 수진이를 업고 있거나, 아장아장 걷는 수진이의 손을 잡고 있는 아버지는 젊고 믿음직해 보였다.

어딘가에 있을 수많은 수진이에게

겨울 방학을 앞둔 어느 날 내게 찾아온 수진이는 1주일 체험 학습을 허락해 달라고 부탁했다. 새로 이사 간 어머니의 단칸방으로 도망가기 위해서라고 했다. 이를테면 '아버지 탈출 작전'이었다. 나는 잠시 고민한 끝에 지금 수진이는 아버지보다 어머니하고 지내는 게 나을 거라는 판단을 내렸다. 수진이에게 체험 학습 신청서를 내 주면서 신신당부를 했다.

"수진아, 넌 이제부터 너를 어른이라고 생각해야 해. 널 보호받아야 될 사람으로 생각하면 안 돼. 어머니가 네 생활비를 대는 게 많이 힘드실 수도 있어. 어머니가 너 때문에 부담되지 않게 많이 도와드려야 해. 그래야 어머니와 오래 지낼 수 있어, 알겠니?"

그러겠다고 대답한 수진이는 기대에 들뜬 발걸음으로 학교를 떠났다. 그 뒤로 수진이는 학교에 오지 않았다. 나는 수진이를 만나지 못한 채 다음 해 2월 다른 학교로 전근을 갔다. 수진이가 학교를 포기했는지, 무사히 중학교를 졸업했는지, 어머니 집 근처로 전학을 갔는지 알 길이 없다. 이따금 사진 속 해맑게 웃던 수진이의 어린 시절 모습이 떠오른다.

자꾸 몸이 아픈 아이

학교생활에 부적응하는 아이들은 대개 두 부류로 나뉜다. 하나는 모든 문제를 자신의 탓으로 여기는 부류고, 다른 하나는 문제의 원인을 타인과 세상의 탓으로 돌리는 부류다. 그렇다면, 어느 쪽 아이들이 치유될 가능성이 더 높을까.

정신 상담의들은 문제를 자신의 책임으로 돌리는 경향의 아이들이 훨씬 높은 치유 가능성을 갖는다고 말한다. 반면 마땅히 감당해야 할 책임조차 지지 않으려는 경향의 아이들은 자신보다 세상이 변해야 한다고 생각하기 때문에 치유되기가 어렵다고 한다.

대부분의 사람들은 병적일 정도는 아닐지라도 양쪽 모두의 증상을 지니고 있다. 수진이의 경우는 문제의 원인을 자기 밖에서 찾는 타입이었다. 모든 갈등의 원인을 아버지 탓이나 학급 아이들 탓으로 문제를 돌렸으니까. 하지만 수진이가 세상에 대한 원망과 사람들을 향한 증오를 품을 수밖에 없는 까닭도 이해가 된다. 부모님의 사랑과 관심 속에서 문제를 직면하고 꿋꿋이 책임지는 법을 배우지 못했기 때문이었으리라.

우리 반에는 수진이만큼 자주 결석을 하는 아이가 한 명 더 있었다. 원상이는 몸이 아파서 1학기 동안 한 달 넘게 학교에 오지 못했다. 그래도 2학기가 되고는 잘 나온다 싶었는데, 또 한두 주씩 빠지더니 어느 날부터 아예 학교에 나타나지 않았다.

1학기 때 원상이네 집에 가정 방문을 간 적이 있다. 빌라 4층으로 들어가 보니, 방에 누워 있던 원상이가 나를 맞았다. 원상이는 어머니와 어렸을 때 헤어졌고, 아버지는 지방의 건설 현장에서 일하느라 주말에만 집에 온다고 했다. 근처 고등학교에 다니는 누나는 원상이와 달리 학교생활에 적극적인 모양이었다. 머리가 자주 아팠던 원상이는 정기적으로 근처 대학 병원에 다니고 있었다. 담당 의사 선생님의 말로는 뇌에 특별한 이상이 없다는데, 원상이는 두통이 잦은 손님처럼 찾아온다고 했다. 작년에는 간에 이상이 생겨서 몇 주 동안 치료를 받기도 했다.

집 상태를 보니 원상이가 아플 만도 하다는 생각이 들었다. 집 안은 몇 주째 청소라고는 하지 않은 집처럼 엉망진창이었다.

음식을 해 먹고 싱크대에 올려놓은 설거지 그릇들이 수북이 쌓여 있었고, 거실 여기저기 컵라면이며 빵 봉지, 페트병들이 널브러져 있었다. 걸레질한 지 오래된 듯한 바닥은 버석거리며 끈적거렸다. 먹을거리는 근처에 사는 고모가 가끔씩 와서 냉장고에 채워 준다고 했다. 내가 거실 창문을 열고 환기를 시키며 말했다.

"원상아, 선생님이 청소해 줄까? 선생님이 청소는 자주 해서 정말 잘하거든."

원상이가 질색을 하며 말했다.

"선생님, 제발 하지 마세요. 저 머리 아파서 방에 들어가서 쉴래요."

내가 빨리 가 주었으면 하는 표정이 역력했다. 나는 무거운 마음으로 원상의 집을 나섰다.

나 자신을 잃어 가면서
모든 걸 감싸 안을 필요는 없어

11월 초, 나는 원상이를 만나러 집으로 다시 찾아갔다. 한참 동안 벨을 눌러도 응답이 없었다. 아무도 없나 싶어 돌아가려는데, 막 샤워를 끝낸 원상이 아버지가 문을 열어 주었다. 서글

서글하고 사교적인 인상이었다. 원상이는 방에서 자고 있다고 했다.

이런저런 이야기를 나누던 원상이 아버지는 내게 집안의 어두운 내력을 들려주었다. 원상이 부모님은 사내 결혼을 했는데, 그때까지만 해도 원상이의 어머니는 활달하고 밝은 성격이었다고 한다. 그랬던 어머니가 원상이 누나와 원상이를 낳으면서 심각한 우울증에 빠지게 되었다. 우울증은 시간이 흐를수록 점점 심해져서 정신병원에 입원할 지경에 이르렀다. 원상이 아버지는 아내의 병을 낫게 해 주기 위해서 직장을 그만두고 치료에 전념한 적도 있었다. 함께 여행을 다니고 충분한 대화를 나누면서 다행히 병이 많이 호전되었다. 그런데 그 과정에서 갖게 된 셋째 딸이 다시 화근이 되었다. 셋째를 나은 뒤 우울증이 재발한 원상이 어머니는 급기야 정신병원에 입원하고 말았다.

원상이의 여동생은 시골의 할머니가 맡아 길렀는데 원상이가 6학년 때 할머니가 병환으로 눕게 되었다. 세 살짜리 여동생을 끔찍이도 예뻐했던 원상이는 아버지에게 '여동생을 데리고 오면 자신이 돌보겠다'고 말했다. 아버지는 어린 아들에게 힘겨운 일이라는 걸 알면서도 맡길 수밖에 없었다.

원상이는 새벽 6시에 일어나서 동생을 목욕시키고 어린이집으로 데리고 갔다가 방과 후에 데리고 와서 돌보는 일을 일 년 넘게 해냈다. 아버지는 지방 공사장에서 거주하거나 새벽에 출

근해서 밤늦게 돌아오는 생활을 하느라 아들을 도와줄 여유가 없었다. 여동생에게 극진한 사랑을 쏟던 원상이었지만 일 년이 흐르니 지칠 대로 지쳐 버렸다. 결국 원상이는 어린 동생의 보호자 역할을 그만둘 수밖에 없었다. 아마도 원상이는 그 인고의 세월 동안 몸과 마음에 있는 모든 에너지를 남김없이 탕진한 듯했다.

하지만 정작 원상이를 끝없이 괴롭히고 힘들게 했던 건 어머니에 대한 슬픔과 그리움일 거라는 생각이 들었다. 어머니로부터 한창 사랑을 받아야 할 시기에 스스로 누군가의 어머니 역할을 하고 있었으니 얼마나 힘들었을까. 원상이 아버지 역시 이를 느끼고 있던 터라, 지난 방학에 원상이를 마산의 이모 집에 보냈다. 원상이 어머니가 그곳에서 통원 치료를 받고 있었기 때문이다. 원상이는 어머니와 오랜 시간을 보내지는 못하고 몇 번 얼굴만 보고 올라왔지만, 그것만으로도 큰 위안이 되었다고 했다.

약속이 있다며 원상이 아버지가 나가신 후, 나는 원상이와 많은 이야기를 나누었다. 원상이는 누나와 아버지에게 심각한 반감을 품고 있었는데 특히 누나에 대한 증오가 엄청났다. 원상이 누나는 집안일에는 관심이 없었다. 동생과 달리 친구들을 집으로 데리고 와서 왁자지껄 신나게 놀면서 스트레스를 털어버리는 성격이었다. 그랬기 때문에 제 방에 틀어박혀서 라디오에 빠져 사는 동생을 이해하지 못했는지도 모른다.

나는 결석한 지 한 달이 다 되어 가는데도 왜 학교에 나오지 않느냐고 물었다. 원상이가 볼멘소리로 대답했다.

"누나랑 아빠가 선생님 전화만 받으면 저를 닦달해요. 저는 마음을 정리할 시간이 필요한데, 무조건 학교에 나가라고 해요. 저한테 그렇게 말도 안 듣고 밥도 잘 안 먹을 거면, 마음대로 살래요. 그래서 내 마음대로 사는 거예요."

"그건… 속이 상해서 그냥 하신 말이지. 너 이러는 거 누나랑 아버지한테 복수하고 있는 거 아니냐?"

"맞아요. 저 계속 이렇게 살 거예요. 그러라고 했으니까."

원상이는 일종의 심리적 마조히즘 상태에 빠져 있는 것 같았다. 여동생에게 과도한 사랑을 베풀 때부터 원상이는 자기 학대적 사랑을 앓고 있었는지 모른다. 원상이의 무의식에는 상대방으로부터 고통을 받으려는 성향이 내재되어 있는 듯했다.

"너 지금 결석일수 얼마 남지 않은 거 알지? 네가 말해 봐, 내가 얼마나 더 기다려 주면 되겠니?"

"3, 4일 정도요. 다음 주부터는 학교에 갈게요."

"좋아. 다음 주에도 안 나오면 선생님이 아침마다 데리러 올 거야."

원상이가 난색을 표하며 통사정을 했다.

"선생님, 제발 그것만은 참아 주세요."

삶의 여유가 없고 힘겨워질수록 사람은 무의식에 감춰 둔 열등한 성격을 타인에게 투사하게 된다. 확고한 자아 정체감을 갖지 못한 사춘기 아이들의 경우는 이런 증상이 더욱 심하다.

다른 아이들보다 힘겹게 살고 있던 원상의 누나 마음에도 무기력과 나약함이 없을 리 없다. 원상의 누나는 그러한 마음을 동생에게 투사하면서 분노하고 경멸했는지도 모른다. 원상이 역시 마찬가지였으리라. 자신의 무의식 속에 있던 공격성과 자기중심적인 성향을 누나에게 투사하면서 증오를 품었을 것이다.

원상이는 나와 약속을 한 다음 날부터 학교에 나왔지만, 며칠 뒤 다시 결석을 했다. 집으로 전화를 걸었더니 마침 원상이 누나가 받았다. 시험 기간이라 일찍 들어온 모양이었다. 누나에게 원상이를 이해시킬 수 있는 좋은 기회라는 생각이 들었다.

"제 동생이지만, 저는 원상이가 그렇게 사는 게 진짜 이해가 안 돼요. 남자애가 밖에 나가서 친구들도 안 만나고 좁은 방 안에서만 있어요."

누나의 목소리에는 답답한 심경이 가득 배어 있었다.

"혹시 원상이가 누나한테 우리 반 주제를 얘기 안 해 줬나요? 우리 반 주제가 '다 그럴 만한 이유가 있다'예요. 원상이 누나한테 한 가지 부탁하고 싶어요. 지금 원상이의 모습이 아무리 마음에 안 들어도 '동생에게 다 그럴 만한 이유가 있을 거야'라고 생각해 주는 거예요. 내 생각은 그래요. 다른 학생들이 상상하기 어려운 환경 속에서도 낙천적으로 살고 있는 누나는 정말 특별한 거예요. 원상이가 힘들어하고 있는 건 당연한 건지도 몰라요. 원상이를 조금 더 이해하고 아껴 주세요."

원상의 누나가 맥 빠진 목소리로 대답했다.

"…네."

여전히 원상이는 학교에 나오지 않았고 시간이 흘러 11월 말이 되었다. 이제 원상이의 결석일수는 10일도 채 남지 않았다. 나는 날마다 전화를 걸어 원상이를 설득하는 방법을 쓰기로 했다. 그렇게 이틀이 지나자 원상이가 진지한 목소리로 말했다.

"선생님, 내일부터 집으로 전화 좀 그만해 주세요. 저 지금 마음 정리하고 있는데, 선생님 전화 때문에 너무 스트레스 받아요."

"그래. 알았어. 근데 너, 언제부터 나올 거야?"

"저, 결석일수 며칠 남았어요?"

"5일… 남았어."

"사흘 뒤부터 갈게요."

"원상아, 너 혹시 복수를 가장 잘하는 방법이 뭔지 알아?"

"뭔데요?"

"네가 행복해지는 게 가장 복수를 잘하는 거야. 사는 게 힘들거나 말거나 네가 즐거워지는 것보다 더 통쾌한 복수는 없어. 어쨌든 네가 행복해져야 돼. 그게 가장 복수를 잘하는 거야, 그렇지 않을까?"

말없이 전화를 끊은 원상이는 약속한 대로 사흘째 되는 날부터 다시 학교에 나왔고 그 후로는 한 번도 빠지지 않았다. 원상이가 행복해지기 위한 복수를 시작한 건지는 알 수 없다. 다만 녀석이 자신의 삶을 감싸 안는 법을 배워 가기를, 스스로를 위한 사랑과 행복을 품는 노력을 해 나가기를 늘 응원하고 있는 중이다.

2학기를 마치며

마음을 표현하는 것만으로도 삶에 힘이 된다

미국의 정신 분석가 스캇 펙은 '누군가 자신의 말을 진심으로 듣고 있다는 걸 아는 것만으로도 환자에게 놀라운 치료 효과가 있다'고 말했다. 그는 잘 듣는 것을 '괄호 속에 묶기'로 표현한다. 참된 '들음'은 자신의 생각이나 감정을 괄호 속에 집어넣고 잠시 밀쳐 둔 상태에서 상대방의 이야기를 들을 때 가능하다는 것이다.

나는 수진이의 이야기를 많이 들어주었지만 원상이에게는 잘 들어주는 사람이 되지 못했다. 오히려 잔소리도 많이 한 편이다. 그런데 원상이는 학교로 다시 돌아왔고, 수진이는 돌아오지 않았다.

원상이는 학교에서 친구들과 지내는 데에는 어려움이 없었던 반면 수진이는 친구들과 잘 어울리지 못했다. 원상이는 문제의 원인이 자신에게 있다고 여겼기 때문에 변화될 여지가 높았던 것일까? 수진이는 문제의 원인을 타인에게 돌리는 성향이 강했기 때문에 쉽게 변화되지 못했던 것일까?

그럴지도 모르겠지만 사실 아이들의 긴 인생을 볼 때, 나는 수진이보다 원상이에 대한 걱정이 조금 더 앞선다. 마음을 열면 누구에게든 쉽게 자신의 고민을 풀어낼 줄 알았던 수진이는 어디에 있더라도 '들어주는 사람'을 찾을 수 있을 것 같다.

하지만 원상이는 쉽게 마음을 열지 못하고 계속 고독한 세계에 홀로 머물 가능성이 높다는 생각이 들어서다. 학교에서 발생하는 대부분의 문제는 '들어주기'만 잘해도 쉽게 해결된다. 가해자와 피해자가 생겼을 때, 반드시 양쪽의 이야기를 충분히 들어주어야 한다.

여기서 중요한 건 '충분히'라는 거다. 그래야만 아이들이 말하지 못하고 꽁꽁 숨겨 두었던 내면의 모습을 드러내 보여 주기 때문이다. 일단 아이들이 자신의 감정을 솔직하게 있는 그대로 표현하게 되면, 끙끙 앓고 있던 문제가 거의 해결되었다고 봐도 무방하다.

'표현하기'는 상처를 치유하는 놀라운 마법을 갖고 있다. 얼굴을 보고 직접 표현할 수 없다면, 간접적으로 표현하는 방법도 있다. 마음속에 쌓인 분노와 슬픔, 우울과 두려움 등을 종이에 낱낱이 적어 보는 거다.

샌드백을 원 없이 치면서 스트레스를 풀거나 일탈과 반항을 주제로 한 글을 써 봐도 좋고, 자신을 분노하게 만든 대상에게 욕설이 담긴 편지를 써도 좋다. 이렇게 남김없이 마음을 털어내다 보면, 자신의 감정을 객관적으로 바라보는 시간을 갖게 된다. 그것만으로도 감정이 순화되고 어느 정도 치유되는 효과가 있다.

그러나 여기서 끝나는 게 아니다. 온갖 감정을 쏟아 놓은 종이를 불에 태우는 의식이 남아 있다. 종이가 활활 타오르다가 재가 되는 것처럼, 털어 버리지 못했던 수많은 부정적인 감정들이 사그라지는 걸 느끼게 된다.

어떤 사람은 산 위에 올라가서 실컷 소리를 지르거나, 노래

방에 가서 혼자 고래고래 노래를 부르기도 한다. 그러고 나면 들썩거렸던 감정이 고요해진다고 한다. 어떻게든 '표현'하면서 살아가는 게 중요하다는 사실을 잊지 말자.

3학년 1학기

아직은 감정 표현이 서툰 나이

봄날은… 온다!

봄날은… 온다!

아들이 중학교 2학년이었을 때의 일이다. 교육청에서 주관하는 과학 캠프에 데려다 주면서 아들과 같은 반 여학생을 태워준 적이 있었다. 민지라는 이름의 그 학생은 반 친구 아버지에게 스스럼없이 말을 걸 만큼 솔직하고 털털한 성격이었다. 반면 아들은 평소와 달리 아주 어색하게 굴었다. 그 모습을 통해 나는 아들이 민지를 좋아하고 있다는 걸 어렴풋이 느낄 수 있었다.

그날 저녁을 먹으며 민지와 있었던 일을 아내에게 들려주었다. 아내 역시 민지를 마음에 들어 하며 아들에게 사귀라고 부추겼다. "사귀어라. 사귀어라…" 딸까지 합세해서 주문을 외웠지만, 아들은 관심이 없다며 웃어넘겼다.

3학년이 됐을 때 아들과 민지는 같은 반이 되었다. 마침 근처 대학교에서 과학 캠프가 열릴 예정이었고 아들과 민지는 함께 캠프에 참여하기로 약속했다. 그런데 아들이 늑장을 부리다 하루 늦게 신청을 하여 캠프에 갈 수 없게 되었고 민지는 아쉬움을 표현하는 문자를 보내왔다. 민지는 문자의 말미에 '나는 너랑 십 년 뒤에도 아이스크림 케이크를 함께 먹는 사람이 되고 싶다'고 썼다. 아내와 나는 이건 사귀자는 신호가 틀림없으니 데이트 신청을 하라고 아들에게 권유했다. 아들 녀석은 민지에 대한 호감을 숨기지 못하면서도 영 자신 없어 했다.

한편 우리 반에는 내 아들과 성격이 정반대인 남학생이 있었다. 영호는 주변의 눈치를 살피지 않고 자기 감정을 거침없이 표현하는 아이였다. 3월의 어느 날, 종례를 마치고 내가 나가자마자 영호는 교탁 앞으로 나가며 소리를 질렀다.

"얘들아, 잠깐만! 다 앉아 봐."

교실을 나가던 아이들이 교탁 위에 케이크와 꽃다발을 내려놓는 영호를 의아하게 쳐다보며 말했다.

"쟤, 왜 저래?"

"얘들아, 잠깐만 앉아 봐. 영호가 할 말 있대."

영호의 계획을 알고 있었던 성희와 보람이가 거들어 준 덕분에 아이들이 다시 자기 자리에 앉았다.

"저기, 서진영! 내가 너한테 할 말이 있거든. 노래 한 곡, 해도 될까?"

영호는 살짝 긴장한 듯 보였지만 한껏 자신감으로 취해 있었다. 진영이는 영호가 자신의 이름을 부른 순간부터 표정이 빠르게 굳어졌다. 미리 소문을 듣고 온 다른 반 남학생들이 교실 뒤쪽에서 구경하고 있었다. 진영이가 잠시의 망설임도 없이 대답했다.

"싫어!"

"저기… 그게, 어?"

진영이는 어느새 가방을 둘러메고 있었다. 당황한 영호는 손을 허공에 휘저었다. 진영이는 화가 났는지 거칠게 의자를 책상 위에 올려놓고는 뒷문으로 나가 버렸다. 여기저기서 영호를 향한 동정의 말이 들려왔다.

"불쌍해…."

"김영호, 얼굴 팔리겠다."

영호의 프러포즈 계획은 참담하게 무너졌다. 영호는 시무룩한 얼굴로 케이크와 빨간 장미 꽃다발을 주섬주섬 챙겼다. 케이크가 상자 안으로 잘 들어가지 않았다. 꽃다발은 그만 바닥으로 툭 떨어졌다. 보다 못한 성희와 보람이가 영호를 도와주었다.

영호에게 봄날이 찾아왔다!

5월에 있었던 짝 바꾸기 제비뽑기에서 영호와 진영이가 짝이 되었다. 다음 날, 보람이가 영호의 자리에 앉아서 책에 뭔가를 그리고 있었다. 영호가 '왜 내 책에 낙서를 하느냐'고 투덜거리자 보람이가 말했다.

"잠깐만 있어 봐. 다 너희들을 위해서 이러는 거니까."

영호가 무슨 얘기냐는 표정으로 보람을 바라보았고, 진영이 역시 멋쩍게 웃으며 보람이를 말렸다.

"야, 그만해."

하지만 보람이는 아랑곳하지 않고 그림을 끝까지 완성했다.

"자, 봐. 이 반쪽짜리 하트를 접으면 어떻게 되는지."

보람이가 종이를 반으로 접자 다음 장에 그려져 있던 하트 반쪽과 딱 맞물려서 하나의 하트가 되었다. 왼쪽 하트엔 영민이의 이름이, 오른쪽 하트엔 진영이의 이름이 있었다. 영민이가 싫지 않은 표정으로 진영에게 말했다.

"우리 그럼 1일이네."

진영이는 농담처럼 웃어넘겼다.

"웃겨. 1일은 무슨."

며칠 뒤 보람이를 포함한 진영이의 친구들이 영호에게 장난을 걸었다. 운동장을 걸어가던 영호를 보람이가 불러 세웠다.

마침 그날 진영이는 청소 당번이었다.

"야, 김영호! 너 오늘 도서관 갈 거지?"

영호의 입에서 애매한 대답이 튀어나왔다.

"음, 갈걸…?"

성희가 못마땅한 얼굴로 핀잔을 주었다.

"야, 오면 오는 거고 아니면 아닌 거지, 갈걸은 뭐냐?"

머뭇거리던 영호가 대답했다.

"가, 갈게."

"이따가 진영이 데리고 갈 테니까 잘해 봐."

보람이와 성희는 자기들끼리 까르르 웃음을 터뜨리며 사라졌다.

한 시간 후, 도서관에서 '열공'에 빠져 있던 영호에게 정말로 보람이가 찾아왔다. 보람이가 옆구리를 찌르며 말했다.

"야, 진영이 왔어. 얼른 해."

"뭘…?"

"뭐긴 뭐야, 사귀자고 해야지."

영호가 믿기지 않는 표정으로 물었다.

"진짜? 진영이는 어디 있는데?"

"내가 진영이 데리고 올 테니까 복도에 가 있어."

잠시 후 영호는 복도에서 진영이를 만났고, 용기를 내서 말했다.

"우리, 사귈래?"

진영이가 살며시 웃으며 대답했다.

"그래."

그 순간 영호는 터져 나오는 기쁨을 주체하지 못하고 진영이를 안으며 펄쩍펄쩍 뛰었다. 보람이와 성희가 뛰어오며 소리를 질렀다.

"야! 우리가 고백하랬지, 껴안으라고 했냐?"

사랑은… 즐겁다?

다음 날부터 영호는 진영이의 얼굴만 쳐다보며 지냈다.

"야!"

진영이가 불편한 얼굴로 쏘아붙였다.

"왜?"

"어휴, 그만 보고 공부나 해!"

영호가 진영이를 바라보며 대답했다.

"싫어."

영호는 쉬는 시간에도 진영이 곁을 떠나려 하지 않았다.

"너, 남자애들이랑은 안 노냐?"

"놀아야지. 나중에."

진영이는 한숨을 쉬더니 보람이와 성희에게 가 버렸다. 그제야 영호도 참았던 볼일을 보러 화장실에 다녀왔다. 급히 교실로 들어오던 영호는 보람이와 성희가 진영이를 놀리는 모습을 보고 깜짝 놀랐다.

"진영이 얼굴 너무 눌리지 않았냐?"

성희가 진영이를 놀리자 보람이가 한 술 더 떠서 진영의 눈을 가리며 말했다.

"이거 봐. 이렇게 눈만 가리면 얘 완전 호떡이야, 호떡!"

그때 영호가 뛰어가서 보람이의 오른손을 확 밀쳐 냈다.

"야! 왜 그래? 예쁘기만 하구만. 너보다 예뻐!"

"욱, 닭살!"

아이들로부터 야유의 폭탄이 쏟아졌지만 영호는 아랑곳하지 않았다.

중간고사 전날에도 영호는 학교 도서관에서 진영이와 나란히 자리를 잡고 시험공부를 했다. 시간이 지났는데도 학원에 갈 생각을 하지 않던 영호에게 진영이가 물었다.

"너, 시험 기간인데 학원 안 가? 학원에서 정리해 주잖아. 너 학원 안 가면 나 그냥 집에 간다."

"갈게. 네가 바래다주면…."

진영이는 하는 수 없이 영호와 함께 열람실을 나서야 했다.

영호의 행동은 갈수록 심해졌다. 영호에게는 오직 진영이밖에 보이지 않았다. 시험 첫째 날, 진영이는 쉬는 시간마다 책상에 엎드려 있었다. 어디가 아프냐고 물어도 통 대답을 하지 않았다. 보다 못한 영호가 보람이에게 가서 물었다.

"쟤 어디 아프냐?"

보람이가 난처한 얼굴로 대답했다.

"괜찮아. 그냥 좀 아픈 거야. 그냥 놔두면 돼."

"그냥 놔두면 어떻게 하냐? 약이라도 사다 줘야지."

영호가 버럭 화를 내자, 보람이는 황당해하며 영호에게 쏘아붙였다.

"너 약국 가서 생리통 약 사 올 수 있어? 그럼 갔다 오든지!"

옆에 있던 여학생들이 영호를 힐끔거리며 웃었다. 영호는 화끈거리는 얼굴로 자리로 돌아갔다. 잠시 후 3교시 시험 시작종이 울렸다. 진영이 얼굴을 찡그리며 겨우 몸을 일으켰다. 영호는 시험지에 최대한 예쁘게 글씨를 써서 진영의 책상 위에 올려놓았다.

사랑해. 시험 끝나면 약 사 줄게.

진영이는 이마를 찡그리며 다시 책상 위에 엎드렸다. 시험이 끝나자마자 보람이와 성희가 진영이를 약국으로 데리고 갔다. 영호는 약국 앞에서 안절부절 못하며 기다렸다. 잠시 후 보람이와 성희가 나오자마자 영호가 다급하게 물었다.

"진영이는?"

보람이가 한숨을 쉬면서 영호를 쳐다보았다.

"진영이가 너 먼저 집에 가래. 너 있으면 더 힘들대."

"왜? 힘들면 내가 업어 주면 되잖아."

"야!"

성희가 짜증을 내며 말했다.

"네가 그래서 진영이가 힘들어하는 거야! 그걸 그렇게 모르겠어?"

"내가 뭘?"

"네가 너무 오버하잖아. 너 요즘 남자애들하고 말도 안 하고 진영이 옆에만 붙어 있잖아. 왜 너만 생각해? 진영이 마음은 생각도 안 하고!"

보람이까지 화를 내며 몰아붙이자 영호가 조금 수그러졌다.

"내가 그랬냐? 그래도 너희가 좀 이해해 줘라. 사귄 지 일주일도 안 됐는데."

보람이가 안타까운 얼굴로 말했다.

"너 내 말 잘 들어. 진영이가 너랑 끝내고 싶다고, 너랑 사귄 다음 날부터 그랬어. 우리가 그게 말이 되냐고 얼마나 말렸는지 알아? 앞으로 네가 잘 해야 돼. 다른 애들 앞에서 진영이랑 사귀는 거 티내지 말란 말이야. 물론 그런 걸 즐기는 여자애들도 있을 거야. 근데 진영이는 그런 스타일 아니야, 알겠어?"

"그래, 알았어."

영호는 충격에 빠진 얼굴로 발길을 돌렸다. 그러나 상황이 얼마나 심각한지는 제대로 인식하지 못했다. 그날 밤 영호는 진영이에게 특별한 이벤트를 만들어 줘야겠다고 결심했다.

다음 날 아침, 영호는 진영이에게 문자를 보냈다. 마지막 시험을 하루 앞둔 일요일이었다. 영호는 진영이와 처음 사귀기로 약속했던 장소에서 진영이를 기다렸다.

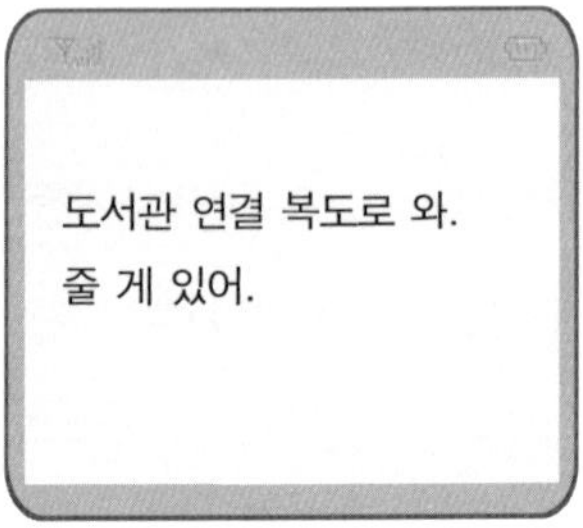

잠시 후 진영이와 친구들이 나타났다. 영호는 쭈뼛거리며 다가온 진영이에게 곰 인형을 내밀었다. 진영이가 불편한 얼굴로 선물을 받았다. 복도 끝에서 보고 있던 보람이와 성희가 부러워하는 소리가 들렸다.

"우아, 멋있다…."

영호는 진영이에게 더 큰 감동을 주기 위해 진영이와 친구들을 학교 매점으로 데리고 가서 초콜릿과 녹차를 사 주었다. 초콜릿을 본 보람이와 성희의 입이 찢어졌다. 영호가 흐뭇한 표정을 지으며 진영이에게 말했다.

"녹차 많이 먹어. 우리 엄마가 녹차 마시면 머리 좋아진다고 했어."

진영이가 녹차를 찔끔 마시더니 구겨진 인상으로 말했다.

"어휴, 써!"

진영이는 영호에게 차 중에서 녹차를 제일 싫어한다고 말한 적이 있다. 하지만 영호는 이를 기억조차 하지 못한 것이다. 아무튼 시간이 지나 점심 먹을 때가 되었고 진영이와 보람이, 성희는 열람실에 있는 영호를 찾아가 함께 밥 먹으러 가자고 했다. 그때 영호가 자부심이 가득한 얼굴로 말했다.

"난 배 안 고파."

진영이가 걱정스러운 표정으로 물었다.

"왜? 속이 안 좋은 거야?"

자부심이 한껏 고조된 얼굴로 영호가 답했다.

"아니. 점심 먹을 돈으로 아까 너희들 사 준 거거든. 나 오늘 점심 굶으려고."

"…그랬구나."

보람이와 성희가 황당해하면서 열람실을 빠져나갔다. 진영이 역시 도망치듯 친구들을 따라갔다.

사랑의 힘은 위대했던 것일까. 영호는 1학기보다 평균이 2점이나 올라서 전교 등수가 10등이나 올라갔다. 집에 돌아온 영호가 성적표를 다시 꺼내 점수를 확인하고 있을 때였다. 진영으로부터 기절초풍할 문자가 왔다.

진영 : 우리 그만 만나자.
영호 : 갑자기 그게 무슨 말이야?
진영 : 네가 너무 부담스러워.
영호 : 왜? 뭐?
진영 : 전부 다. 네 모든 게 다 부담돼.

영호의 첫사랑은 일주일도 채우지 못한 채 그렇게 끝나고 말았다. 나는 영호의 이야기를 소재로 단편영화 시나리오를 썼다. 그러고는 다음 해 학교 축제 때, 아이들과 그 시나리오를 바탕으로 한 15분짜리 영화를 만들어서 교내 상영을 했다. 아이들은 영호의 오그라드는 대사와 행동이 나올 때마다 비명을 지르거나 탄성을 터뜨렸다. 나는 이 이야기를 통해 '사랑에서 가장 중요한 것은 상대방의 마음을 헤아리는 것'이라는 사실을 아이들에게 알려 주고 싶었다.

영호의 첫사랑은 자기애에 갇혀서 사랑을 피워 보지도 못한 채 시들고 말았다. '너무 많이 사랑해서' 실패했다는 점에서 안타까움을 금할 수 없는 연애였지만 '그럼에도 불구하고' 모든 사랑은 해피엔딩이 될 수 있다.

소설 『첫사랑』(이금이 지음, 푸른책들, 2009)의 주인공 동재의 아버지는 그것을 자상하게 가르쳐 준다. 그는 첫사랑의 실패로 낙심한 6학년 아들에게 이렇게 말한다.

"앞으로 살면서 넌 많은 사랑을 하게 될 거야. 그때마다 온갖 감정들을 경험하겠지. 아빠는 우리 아들이, 그 사랑을 만날 때마다 최선을 다했으면 좋겠다. 그리고 그 사랑이 널 성장시켜 준다면 그 사랑은 어떻게 끝나든 해피엔딩이라는 걸 잊지 마라."

영호처럼, 남학생들은 여자친구와의 데이트 결과에 일희일비하는 경우가 많다. 누구나 이성과 첫 연애에 빠지게 되면 긴장하고 당황하기 마련이다. 그러나 서툴고 어색한 만남을 통해 상대에 대해 하나씩 알아 가고 이성을 배려하는 법을 배워 가겠노라고 마음먹은 사람에게는 그 과정이 성장의 기회가 된다. 자신을 아프게 하고 힘들게 했을지라도 이를 통해 배움을 얻는 사람에게는 모든 사랑이 해피엔딩이 된다.

'나는 나'에서 '나는 너'로

미국의 한 심리학자가 100명을 대상으로 '가장 사랑하는 것 10개의 순위를 써라'는 설문 조사를 했다. 그들 중 80퍼센트가 똑같은 것을 1위로 써 냈다고 한다. 그건 놀랍게도 '자기 자신'이었다. 여기서 문득, 나는 이런 질문을 해 보았다.

'나는 누구인가?'

나라고 하는 말은 바보라는 말만큼이나 진폭이 크다. '나를 사랑한다'고 할 때의 나는 나르시시즘에 빠지게 만드는 '자아'일 수도 있고, 100명의 사람들이 사랑하는 '자기'일 수도 있다. 거칠게 표현하자면 전자의 자아를 거짓된 자아라고 말할 수 있고, 후자의 자아를 참된 자아로 말할 수 있다. 자아를 더 깊이 이해하기 위해 분석 심리학을 창시한 칼 융에게 '자기'의 개념을 빌려 보자. 융은 인간의 무의식 깊은 곳에 내재하고 있는 참된 자아를 '자기Self'라고 지칭했다. 자기를 이해하기 위해서는 먼저 '자기가 아닌 것'을 이해해야 한다. 우리가 쉽게 나라고 느끼게 되는 '생각'과 '감정'은 참된 자기일까?

만일 마음에 찾아와서 죽을 때까지 삶의 중심을 잡게 해 주는 생각이나 감정이 있다면 자기라고 말할 수 있을 것이다. 그러나 모든 '생각'과 '감정'들은 찾아왔다가 반드시 떠나가는 것들이다. 왔다가 가 버리는 것들은 참된 내가 될 수 없다. '자기가 이것이다'라고 명확하게 말하기는 어렵다. 그러나 이렇게 표현할 수는 있을 것 같다.

나라고 착각하게 만드는 생각과 감정이 사라진, 텅 비어 있는 상태에서 나타나는 어떤 것.

이를테면 자기는 자아가 텅 비어 있는 상태인데, 우리는 그런 상태에서 비로소 온전히 자기 자신을 사랑하게 된다. 이스라엘에는 이런 옛이야기가 전해져 온다. 한 청년이 아름다운 처녀를 보고 사랑에 빠졌다. 그 청년은 밤마다 처녀의 천막(유목 민족인 이스라엘은 천막생활을 했다)에 찾아가서 청혼을 했다. 몇 달째 아무 응답이 없던 천막으로부터 마침내 목소리가 들려왔다.

"당신은 누구신가요?"

그 질문은 청년이 신랑감으로서 적합한가를 묻는 시험이었다. 청년은 잠시 고민하다가 이렇게 대답했다.

"나요? 나는 납니다."

그러자 처녀의 차가운 목소리가 들려왔다.

"돌아가세요. 나는 당신과 결혼하지 않겠어요."

청년은 고개를 떨구고 집으로 돌아올 수밖에 없었다. 절망에 빠져서는 밤마다 들판을 헤매고 다니기도 했다. 그러던 어느 날 청년은 답을 깨달았고, 천막으로 달렸다. 청년이 다시 고백했다.

"사랑합니다. 저와 결혼해 주십시오."

"당신은 누구신가요?"

천막으로부터 똑같은 질문이 흘러나왔다. 그날 청년은 처녀가 원하던 대답을 하고 천막 안으로 초대받을 수 있었다.

"나는 당신입니다."

점심 값을 털어 진영에게 녹차와 초콜릿을 사 주었던 영호는 여자친구를 '내 몸과 같이' 사랑했던 것일까? 아니다. 영호가 사랑했던 건 진영이가 아니라 '여자친구를 위해 희생하는 멋진 자아'였다. 안타깝게도 영호는 자신의 나르시시즘을 이해하지 못했으며 진영의 본심을 끝까지 헤아리지 못했던 것 같다.

종교의 위대한 스승들은 우리가 참된 자기를 발견하게 되면 길가에서 마주치는 돌멩이 하나, 풀 한 포기, 벌레 한 마리와도 하나가 된다고 말한다. 우주의 모든 것이 '너'가 아닌 '나'가 된다고 한다. 자기는 우리의 마음이 '나'라고 여겼던 모든 것들을 내려놓은 상태에 이를 때 스스로 모습을 드러낸다. 그 상태에서는 내가 당신이 되고, 돌이 되고, 풀이 되고, 벌레도 될 수 있다. '나는 나'에서 '나는 너'가 될 때 비로소 우리는 타인을 온전히 사랑하게 될 것이다.

3학년 2학기

천의 얼굴을 가진 아이들

가면을 벗게 되는 순간

있는 그대로 세상을 바라보기

이 아이는 정말 지옥에서 왔을까?

가면을 벗게 되는 순간

초가을 바람이 불던 9월, 학교에 날벼락 같은 사고가 터졌다. 3학년 여학생 한 명이 3층 화장실에서 시멘트 바닥으로 뛰어내린 사건이었다. 불행 중 다행으로 발목이 부러지고 허리를 크게 다치는 부상만 입었을 뿐 생명에는 지장이 없었다. 다음은 사고가 난 후에 아이들이 쓴 경위서를 보고 사건을 재구성한 것이다.

3층은 영미를 중심으로 한 여학생 일진들의 세상이었다. 고등학생 일진 오빠를 둔 덕분에 영미는 남학생들도 절절매는 여왕벌처럼 군림했다. 3층에는 또 하나의 패거리가 있었는데, 민경을 중심으로 무리 지어 다니는 여학생들이었다. 영미에게 민경이는 이를테면 자신의 권좌를 위협하는 눈엣가시였다.

영미는 민경이와 마주칠 때마다 사사건건 트집을 잡으며 시비를 걸었다. 공교롭게도 영미와 민경이는 같은 반이었다. 영미는 민경이가 걸어가는 걸 보면 다가가서 팔꿈치로 팔뚝을 찍으며 지나가거나, 체육복을 갈아입으러 가는 민경이의 발을 걸어 넘어뜨리는 등 틈만 나면 시비를 걸었다. 자존심이 셌던 민경이는 그럴 때마다 영미를 노려보거나 대거리를 하며 말싸움을 했다.

그렇게 감정의 골이 깊어지던 어느 날, 복도 정수기 앞에서 크게 시비가 붙었다. 민경이가 화장실을 가려고 정수기 옆을 지나칠 때였다. 영미가 정수기 물로 손을 씻고 털었는데 그만 물 몇 방울이 민경이의 얼굴로 튀고 말았다. 민경이가 손으로 얼굴을 닦으며 신경질적으로 내뱉었다.

"에이…!"

영미가 험악한 목소리로 민경이를 불러 세웠다.

"야! 너 지금 뭐라고 했어? 이게 미쳤나?"

민경이가 기분 나쁜 표정으로 영미에게 쏘아붙였다.

"너한테 욕 안 했거든!"

그 모습에 더 화가 난 영미가 민경이의 어깨를 한 대 쳤다.

"거짓말하지 마, 이년아."

"너한테 욕 안 했다니까!"

"이년이!"

영미가 멱살을 잡자 민경이도 지지 않고 영미의 팔을 잡고 버텼다. 영미가 민경이를 밀고 교실로 들어갔다. 그때 5교시 수업 종이 울렸다. 두 아이는 서로의 멱살을 잡아당기면서 계속 말싸움을 하다가 선생님이 오신 후에야 자리로 돌아갔다.

여왕벌은 한 명이어야 해

영미는 방과 후에 민경이를 교문 앞으로 불러냈다. 영미네 패거리 아홉 명과 민경이네 패거리 일곱 명이 팽팽한 긴장 속에서 마주 섰다. 영미가 큰 인심을 쓰듯 말했다.

"최민경! 네가 아까 나한테 욕한 거 사과하면 없던 일로 해 줄 수 있어. 지금 미안하다고 사과할래, 나랑 맞장 뜰래?"

민경이가 잠시 고민하다 말했다.

"내가 사과하면 너도 나한테 사과할 거야?"

"내가 미쳤냐, 너한테 사과를 하게? 네가 사과를 하면 졸업할 때까지 시비도 안 걸고 아무 짓도 안 할 거야. 사과할래, 안 할래?"

영미는 계속 억지 논리를 펴며 민경이에게 사과를 요구했고, 민경이는 좀처럼 대답을 하지 않았다. 민경이의 대답을 기다리던 영미가 다시 입을 열었다.

"그럼, 맞장 뜨자."

영미가 앞장서서 골목으로 걸어갔다. 민경이가 그 뒤를 따라갔고, 영미 친구들과 민경이 친구들이 그 뒤를 따랐다. 영미가 빌라 지하 주차장으로 들어갔다. 친구들이 우르르 지하 주차장으로 따라 들어갔고 영미네 아이들 중 한 명이 주차장 입구에서 망을 봤다. 주차장 가운데에 영미와 민경이가 마주 서자 친구들이 에워싸서 지나가는 사람들 눈에 띄지 않게 가렸다.

"지금도 늦지 않았어. 사과하면 받아 줄게. 사과할래, 안 할래?"

이번에도 민경이는 대답을 하지 않았다. 그렇게 몇 분이 흘러갔다. 그러다 영미가 갑자기 민경이의 얼굴에 주먹을 날렸다. 기습 공격에 민경이가 얼굴과 눈을 맞고 비틀거렸다. 이번엔 민경이가 영미의 머리를 잡고 발로 배를 밀었다. 영미가 주먹으로 민경이의 머리를 때리다가 머리끄덩이를 잡았다. 두 아이는 서로의 머리를 움켜잡고서 놓을 줄 몰랐다. 발길질과 주먹질을 주고받다가 지쳤는지 머리끄덩이를 잡고 선 채 다시 몇 분의 시간이 흘렀다. 영미가 먼저 팔을 풀며 말했다.

"야, 어깨 아프니까 잠깐 멈추자."

민경이도 팔을 풀고 고개를 들었다. 민경이의 눈이 빨갛게 충혈되었고, 눈가가 퍼렇게 멍이 들었다. 배를 몇 대 맞은 영미는 겉으로 전혀 표시가 나지 않았다. 의기양양해진 영미가 다시 민경이에게 물었다.

“최민경, 지금 사과하면 그냥 이렇게 끝낼게. 네가 진 거로 하고.”

민경이가 굳은 표정으로 가방에서 거울을 꺼내 얼굴을 들여다봤다. 얼굴이 모욕감으로 일그러졌다. 처음부터 이길 수 없는 싸움이었다. 민경이는 멍든 눈을 쳐다보다가 돌연 가방을 챙겨 들고 친구들에게 말했다.

“가자.”

그러자 영미가 민경이를 막아섰다.

“그럼, 네가 진 거네. 사과해. 잘못했다고 사과하고 가.”

민경이가 입술을 깨물며 말했다.

“그만해.”

민경이가 영미를 밀치고 가자 친구들이 따라갔다. 영미가 민경이를 따라가며 외쳤다.

“야! 사과 안 해!”

“영미야, 그냥 가라고 해.”

보다 못한 영미 친구들이 영미를 말렸다.

민경이는 그 와중에도 방과 후 수업을 받으러 다시 학교로 향했다. 걷는 동안 한마디도 하지 않던 민경이는 교문에 들어선 순간부터 조금씩 울먹이더니 결국 실내화를 갈아 신다가 울음을 터뜨렸다.

"얘들아, 미안해. 미안해…."

민경이는 미안하다는 말을 반복하며 울음을 멈추지 못했다.

친구들은 교실로 가던 민경이가 3층 화장실로 들어간 것을 미처 눈치채지 못했다. 교실에 들어선 후에야 민경이 보이지 않는다는 사실을 알아채고는 복도로 뛰쳐나가서 민경을 찾아다녔다.

잠시 후 지혜가 화장실에서 나오며 외쳤다.

"민경이 찾았어!"

아이들을 따라 화장실에 들어가 보니 민경이 보이지 않았다.

"맨 끝 칸에 있어."

지혜가 나지막한 목소리로 알려 주었다. 준희가 다가가 민경이를 설득했다.

"민경아, 그만 나와. 오늘은 수업 못 받겠다. 그냥 집에 가자."

그러나 민경은 묵묵부답이었다.

"우리, 밖에서 기다릴게. 민경아, 실컷 울고 나와."

친구들이 하나둘 화장실 밖으로 나갔다. 한참 울고 난 민경이가 세면대로 가서 얼굴을 씻었다. 지혜가 문틈으로 민경이를 주의 깊게 바라보고 있었다. 민경이는 거울을 보다가 다시 울음을 터뜨리며 화장실 칸으로 들어갔다.

잠시 후 민경이가 다시 나와 얼굴을 씻었다. 이번에도 지혜

는 쳐다보기만 했다. 거울 속 민경이의 얼굴에서 견딜 수 없는 모욕감과 절망감이 떠올랐다. 지혜는 계속 '설마 무슨 일이 일어나겠어?' 하는 표정으로 민경이를 지켜보기만 했다. 갑자기 민경이가 화장실 창문 쪽으로 다가갔다. 그러더니 창턱으로 올라가 순식간에 3층 아래로 뛰어내렸다.

"민경아, 너 미쳤어?"

아이들이 비명을 지르며 화장실로 뛰어 들어갔다. 창문 아래로 시멘트 바닥에 널브러져 있는 민경이의 처참한 모습이 보였다. 아이들은 다시 화장실을 뛰쳐나가 민경이가 떨어진 곳으로 뛰어 내려갔다. 창턱 밑에 민경의 핸드폰과 안경, 거울이 덩그러니 남아 있었다.

가면의 사회, 가면의 학교

페르소나는 '외적 인격'을 뜻하는 심리학 용어인데, 본래 고대 그리스에서 배우들이 얼굴에 쓰고 연기했던 가면을 일컫는다. 어원에서 알 수 있듯이 페르소나는 '역할'과 밀접한 관계가 있다. 페르소나라는 말 자체는 긍정적인 성격을 갖고 있다. 집단에서 요구하는 역할을 수행하는 적합한 인격을 뜻하기 때문이다. 문제는 요구되는 역할이 너무 강하고 억압적일 때 가면과 자신을 동일시함으로써 큰 부작용이 일어난다는 것이다.

바로 이러한 이유로 오늘날 학교는 페르소나에 대한 진지한 연구를 필요로 한다. 왕따, 집단 괴롭힘, 우울증, 폭력 등은 페르소나의 잘못된 동일화에서 비롯되는 경우가 많기 때문이다. 영미와 민경이의 싸움 역시 전형적인 페르소나의 싸움이었다. 두 아이는 똑같이 '여왕벌 페르소나'에 갇혀 있었다. 그들은 끝까지 가면을 벗지 않았다. 승리한 여왕벌은 가면을 무사히 지킬 수 있었지만, 패배한 여왕벌은 가면이 여기저기 찢어지고 뜯겨 나갔다. 마침내 맨 얼굴을 드러내야 할 시간이 찾아온 것이다.

민경이는 친구들 앞에서 끝내 찢어진 가면을 벗지 않았다. 화장실에서 억울함과 서러움에 사무쳐 홀로 울었을 때 비로소 가면을 벗었다. 볼품없이 벗겨진 가면을 친구들에게는 죽어도 보여 주고 싶지 않았을 것이다. 민경이는 다친 허리와 다리를 치료하기 위해 두어 달 동안 병원에 입원했다. 영미는 학교폭력대책 자치위원회의 결과에 따라 몇 주 후 전학을 갔다. 치료를 끝내고 학교로 돌아온 민경이는 다행히 무탈하게 지내다 졸업을 했다.

아이들이 가면 속으로 숨거나 가면과 자신을 동일시하는 것은 어쩌면 그들에게 너무 가혹한 역할이 주어지기 때문은 아닐까? 학교에서 정규 수업을 잘 받는 학생. 방과 후 학원에 가서 밤 10시까지 공부를 성실히 하는 학원생. 집에 와서 밤늦게까지 숙제와 예습 복습을 충실히 하는 학생. 논술 대비를 위해서 꾸준히 책을 읽는 학생. 내신 관리를 위해 과목의 수행 평가까지 완벽하게 제출하는 학생….

중학교가 대충 이 정도다. 이 가면의 실체는 무엇인가? 다름 아닌 슈퍼맨 가면이다. 누가 이토록 지독한 페르소나를 우리 아이들의 얼굴에 씌워 준 것인가. 인간에게 슈퍼맨은 가능하지 않다. 그건 기계에게만 가능한 일이다. 공부 기계가 되거나 아니면 비뚤어진 날라리가 되거나 아니면 이도저도 아닌 찌질이가 되거나. 지금 우리 아이들에게 주어진 선택지는 너무도 협소하다.

아이에게 '공부 기계 페르소나'를 요구하고 있는 부모들은 어떤 가면을 쓰고 있을까? 우리나라 부모들 중에는 자식의 성적과 자신의 능력(이라는 페르소나)을 동일시하는 부모들이 많다. 아예 부모로서의 페르소나를 내동댕이친 일부 부모들을 제외한 대부분은 그럴 것이다.

'내 아이 성적 페르소나'에 갇힌 부모들은 자식이 공부를 못하는 것을 자신의 치욕으로 여기며 들들 볶는다. 아이들의 페르소나가 건강하지 못한 것은 부모들의 페르소나가 병들어 있기 때문이다. 아이들과 부모들이 경쟁으로 오염된 가면을 벗고 당당히 자신의 얼굴을 보여 줄 수 있는 날은 언제쯤 올까.

심리학자 칼 융에 따르면 사람은 아니마anima와 아니무스animus 같은 내적 성격을 지니고 있다고 한다. 아니마는 남자 속에 있는 여성성이며 아니무스는 여자 속에 있는 남성성을 뜻하는데, 우리가 이러한 내적 성격과 자신을 동일시할 때 페르소나, 즉 가면을 벗지 못한다고 말한다.

아니마와 아니무스는 긍정적인 면과 부정적인 면을 함께 갖고 있다. 긍정적인 아니마는 자기Self에게로 인도해 주는 '사랑의 안내자' 역할을 한다. 신화와 민담에는 그런 캐릭터가 많이 나오는데, 『바보 온달과 평강 공주』의 평강이 대표적인 예다. 평강은 바보 온달 안에 내재한 영웅을 보고 그와 결혼하여 훌륭한 장군이 되도록 이끌어 주었다.

아니마의 최고 형태는 소피아(지혜)인데, 온달은 평강(지혜)을 얻어 적국을 물리치는 위대한 장군이 될 수 있었던 것이다. 반면에 남자가 부정적인 아니마를 만나게 되면 유약하고 변덕스러우며 무능한 남자가 되기 쉽다.

여자에게 긍정적인 아니무스의 최고 형태는 간디와 같이 '행동하는 노현자老賢者'이다. 여성이 내면의 긍정적인 남성성과 만나면, 그 아니무스의 인도로 올바른 신념과 강한 의지를 갖게 되어 유관순이나 잔 다르크처럼 강인한 여장부가 된다. 반면에 부정적인 아니무스를 만나게 되면 타협할 줄 모르는 고집불통이 되기 쉽다. 영미의 경우가 그랬다고 볼 수 있다. 영미는 내면의 부정적인 남성성과 자아를 동일시함으로써 뒤로 물러설 줄 모르는 전사戰士가 되었다.

따라서 우리는 자기 안의 '사랑의 안내자'를 소중히 여기며 그들로부터 '지혜의 목소리'를 들어야 한다. 부정적인 아니마(아니무스)와 페르소나의 동일시를 극복할 수 있는 길은 긍정적인 아니마(아니무스)를 만나는 것이다.

있는 그대로 세상을 바라보기

맹점 실험이라는 게 있다. 맹점은 시신경視神經이 망막으로 들어오는 곳에 있는 희고 둥근 부분을 뜻한다. 맹점에는 시각 세포가 없어서 빛을 분간하지 못한다. 쉽게 말해서 우리 눈에는 안 보이는 부분이 존재한다는 건데, 자연스럽게 이런 의문이 따라온다.

인간의 시각은 맹점 때문에 구멍이 뚫려 있는데 어떻게 눈에 보이는 사물은 온전할까?

인간이 보는 것은 실제 세계가 아니라 뇌가 되풀이해서 만들어 내는 상像이라고 한다. 일종의 '가상 현실'인 셈이다. 똑같은 공간일지라도 인간이 체험하는 현실과 동물이 체험하는 현실은 크게 다르다. 인간의 집을 생각해 보자. 강아지는 음식과 물, 앉거나 누울 수 있는 의자나 소파가 세상의 전부다. 벽이나 문, 장롱, 냉장고 등은 강아지에게 그저 장애물일 뿐이다. 집 안으로 들어온 개미에게는 먹이 부스러기 외에는 모든 게 장애물이 된다.

그렇다면 인간이 경험하는 세계는 모두에게 언제나 똑같은 모습일까? 그렇지는 않을 것이다. 우리는 끊임없이 뇌에서 현실을 재구성하며 세상을 바라본다. 우리가 보는 것은 '있는 그대로의 세상'이 아닐 수도 있다.

우리는 모두 서로 다른 세계를 구성하며 살고 있다. 삶을 긍정적으로 바라보는 아이들은 뇌에서 긍정적인 세상을 구성하고, 그렇게 구성된 세상은 다시 삶을 더 긍정적으로 바라보게 만든다. 삶을 부정적으로 바라보는 아이들 또한 그런 방식으로 부정적인 세계를 강화한다.

한편 어떠한 생각을 하고 있는지, 어떤 눈으로 세상을 바라보고 있는지 알 수 없는 아이들도 있다. 제대로 가늠조차 할 수 없는 자기만의 세계를 살고 있는 듯한 아이. 이를테면, 지금 소개하는 이 아이의 세상이 그렇다.

머릿속이 궁금하기만 한 아이, 재균

효주가 분노가 폭발하기 일보 직전인 얼굴로 나를 찾아왔다. 3교시에 옆 반에서 영어 수준별 수업을 하고 교실로 돌아와 보니, 책상 서랍에 있던 수학 교과서가 없어졌다는 것이다. 효주는 4교시 수학 시간에 다섯 대나 맞았다며 울상을 지었다.

"재균이가 영어 시간에 제 자리에서 수업을 받았어요. 수학 선생님한테 맞고 나서 혹시나 해서 재균이 쪽을 봤더니 제 수학 책을 들고 있었어요. 수업이 끝나자마자 확인하러 갔는데, 먼저 자기 사물함에 넣어 버렸어요."

종례 시간이 되어 교실에 들어간 나는 교과서 찾기 작업을 시작했다.

"오늘 효주 수학 교과서가 없어졌다. 지금부터 자기 책상 속에 다른 사람 교과서가 있나 찾아봐라. 효주가 책 찾을 때까지 오늘 아무도 집에 못 간다."

아이들이 투덜거리며 책상 속을 뒤적였다.

"선생님, 없어요."

"빨리 보내 주세요. 학원 가야 된다고요."

내가 아랑곳하지 않고 말했다.

"전부 눈 감아 봐. 지금부터 눈 뜨는 사람은 화장실 청소시킬 거야. 오늘 효주 책상 속에서 다른 사람이 뭔가 가져가는 거 본 사람 조용히 손들어 봐."

아무도 손드는 아이가 없었다. 그때 수학 선생님이 교실로 찾아왔다.

"선생님, 한준이는 오늘 보충 수업에 참석하게 해 주세요. 며칠째 도망가서 제가 직접 찾아온 거예요."

"네 그럴게요. 선생님, 잠깐만요…."

다급하게 복도로 나간 나는 수학 선생님께 오늘 수업 시간에 무슨 일이 있었는지 물어보았다. 별일 없었다는 대답을 듣고 교실로 돌아와 보니, 재균이가 휴지통 근처를 어슬렁거리는 게 보였다.

"다시 잘 찾아봐라. 나도 빨리 집에 가고 싶어."

그때 이슬이가 신경질적인 목소리로 말했다.

"선생님. 김재균이 지금 휴지통에 수학 책 버렸어요."

"재균이, 가서 가져와 봐."

재균이는 굳은 얼굴로 휴지통에 있던 책을 집어 들고 교탁 앞으로 왔다. 교과서는 겉표지가 아예 뜯겨 있었다.

"너, 다른 사람 책을 왜 휴지통에 버려? 이 책 어디서 났어?"

반항적인 목소리로 재균이가 대답했다.

"휴지통 옆에서요. 누가 버린 거 주운 건데요."

"누가 교과서를 버려, 인마? 네가 이 책 겉표지 뜯은 거지?"

"저 안 했거든요. 아, 황당해!"

재균이는 궁지에 몰렸을 때 오히려 더 성질을 부리는 습관이 있었다. 내가 감정을 다스리며 말했다.

"안 되겠다. 종례 끝나고 교무실로 따라와."

"저 진짜 아무 잘못도 없어요."

재균이가 억울해하며 계속 신경질을 부렸다. 내가 엄하게 말했다.

"그러니까, 그 얘기를 하자는 거야. 효주도 같이 따라와."

교무실에서도 재균이는 계속 오리발을 내밀었다.

"자꾸 왜 이러세요? 학원 가야 해요! 전 아무 잘못도 없으니까 빨리 보내 주세요."

그때 갑자기 효주가 눈빛을 빛내며 말했다.

"선생님, 여기 보세요. 여기, 책 옆에 제 이름 써 놨거든요. 근데 칼로 이렇게 뜯어내고 김재균이라고 써 놨어요."

나는 인내심의 한계에 다다른 표정으로 재균이를 노려보았다. 녀석은 꿀 먹은 벙어리처럼 입을 다물고 있었다.

저 원래 이래요!

하루는 재균이가 성주라는 아이와 싸우다 걸렸다. 학교 근처 주차장에서 싸우는 모습을 생활지도부 선생님이 본 것이다. 경

위를 조사해 보니 서로 감정이 쌓인 상태에서 맞장을 뜬 모양이었다. 다행히 몇 대 주고받다가 끝나서 얼굴에 상처가 나진 않았다. 둘 다 방과 후 독서를 3일씩 하는 것으로 결정을 내리고 집으로 보냈다.

다음 날 출근하다가 교문 앞에서 생활지도부 선생님을 다시 만났다. 선생님은 재균이와 성주에게 어제 일을 타이르고 싶다며 두 아이를 보내 달라고 부탁하셨다. 조회 후 재균이와 성주에게 이 이야기를 전했다. 진지한 얼굴로 걸어가는 성주와 달리 재균이는 영 마뜩잖은 얼굴로 성주를 뒤따라갔다. 녀석이 불손한 태도를 보이지 않을까 염려했던 예감은 딱 들어맞았다. 점심시간에 만난 생활지도부 선생님이 내게 하소연을 하는 것이었다.

"아침에 애들한테 어제 붙잡아 간 것에 대해서 좋게 타일렀어요. 성주는 예의 바르게 들었는데 재균이가 인상을 쓰면서 버릇없는 태도를 보이더라고요. 그래서 혼을 좀 냈더니 자기는 원래 태도가 그렇다는 거예요. 그 녀석 참…."

나는 재균이를 복도로 불러서 따끔하게 혼을 냈다.

"네가 '저 원래 그런데요'라고 대답하는 게 얼마나 무책임한 일인지 알아? 내가 만약에 '나는 너처럼 말하는 학생만 보면 발로 걷어차는 사람이야. 나 원래 그런 사람이야'라고 말하면서 너를 걷어차면 너 뭐라고 대답할래? 너, 어른들 앞에서 인상 박

박 쓰면서 무례하게 행동하는 거 말이야. 그거 네 부모님께 복수하는 거라는 생각은 안 해 봤어?"

재균이는 무슨 말인지 모르겠다는 표정으로 눈만 멀뚱거렸다.

"너 같은 행동을 하는 아이를 보면 우리 어른들은 이런 생각을 하게 돼. '도대체 저 아이의 부모님은 어떤 사람들일까? 집에서 어떻게 가르치기에 저렇게 무례할까?' 하고 말이야. 너 그러는 거 부모님에게 비겁하게 복수하는 거야, 알겠어?"

재균은 한 번도 그런 생각은 해 보지 못했다는 듯 얼떨떨한 표정을 짓고 있었다.

"지금 생활지도부 선생님께 다시 가서 죄송하다고 잘 말씀드리고 와."

재균이는 지킴이 선생님에게 가서 정중하게 사과를 하고 돌아왔다.

사실 교실에서 제일 이해가 안 되는 아이는 재균이 같은 아이다. 부모님이 다 계시고 생긴 것도 멀쩡한데 하는 행동은 마치 뇌가 텅 비어 있는 듯한 아이. 재균이의 뇌는 다른 아이들과 사뭇 다른 세계를 구성하고 있는 것 같았다.

재균이의 맹점은 복수심으로 가득 차 있었다. 맹점에 갇힌 재균이의 시야는 자신을 방해하는 존재 모두를 장애물로 여기는 것 같았다. 무례한 말과 행동이 부모님에게 복수하는 거라는 말을 들었을 때, 재균이가 예상치 못했던 무기로 뒤통수를 맞은 듯한 표정이었던 것도 그러한 까닭이리라. 내면의 분노와 복수심으로 가득 찬 재균이의 세계는 이해와 연민을 넘어선 곳에 머물러 있었다.

재균이는 그 후에도 납득하기 어려운 사건을 종종 저질렀다. 가슴속에 부글거리는 분노를 다스리지 못하고 화장실 변기통에 패악을 부린 적도 있다. 나는 재균이에게 화장실 청소하는 여사님께 사과의 편지를 써서 전해 드리게 했다. 녀석은 자신의 행동이 부끄러운 걸 느꼈는지, 여사님 앞에서는 시종일관 고개를 들지 못했다. 나는 재균이가 말실수를 할 때마다 2번까지는 유예 기간을 주고, 3번째부터 한 시간씩 방과 후 독서를 시켰다.

재균이는 두어 번 독서를 하고 간 후부터 말투가 한결 조심스러워졌다. 거칠고 삐딱한 모습은 여전했지만 '생각 없는' 행동의 빈도수는 차차 줄어들었다. 나는 그런 재균이를 지켜보면서, 그 아이의 세계가 좀 더 부드럽고 좋은 마음으로 이루어지기를 바라고 있다.

이 아이는 정말 지옥에서 왔을까?

교사들끼리 종종 하는 말이 있는데, 교실에서 수업을 들을 의사가 전혀 없고 노골적으로 교사를 무시하는 학생을 '지옥에서 온 학생'이라고 한다. 2학기가 시작되고 한 달쯤 지났을 무렵, 교과 선생님들로부터 우리 반 준기가 지옥에서 온 학생이라는 말을 들었다.

준기는 반 대항으로 이루어진 축구 대회에서 우리 반이 우승하는 데 결정적인 역할을 할 만큼 축구 실력이 뛰어났다. 그래서 축구 시합을 할 때는 웬만한 국가 대표 못지않은 인기를 누렸다. 1차전과 2차전, 준결승전, 결승전까지 축구 경기를 하는 동안 준기는 이전에 경험해 보지 못한 성취감과 자부심을 느꼈을 것이다. 그야말로 아이들로부터 선망의 대상이 되었으니까.

하지만 축구 대회가 끝나고 교실로 돌아온 준기는 다시 성적이 중하위권인 소외된 존재로 전락했다. 준기는 자신의 존재감이 하루아침에 사라진 것을 견디지 못했다. 선생님들에게 지적을 받거나 숙제를 해 오지 않고 혼날 때마다 준기는 점점 더 반항적인 모습으로 변해 갔다.

대회가 끝나고 일주일쯤 지났을 무렵, 다른 아이와 상담을 하던 나는 준기가 까불기 좋아하는 현승이의 따귀를 때렸다는 말을 들었다. 나는 조만간 준기와 밥을 먹으며 대화를 나눠야겠다고 마음먹었다. 그러나 바로 그 다음 날 교실에서 큰 사건이 터졌다. 준기에게 지속적인 괴롭힘을 당하던 선봉이가 왕따를 당했다고 경찰에 신고한 것이었다. 준기는 키도 작고 마른 선봉이를 몇몇 아이들과 함께 괴롭혀 왔다. 마치 냄비 속 생선처럼 졸아드는 선봉이의 반응을 즐겨 온 듯 했다.

사건의 경중을 파악한 경찰은 오래 머물지 않고 금방 갔지만, 소식을 듣고 찾아온 선봉이의 어머니와 삼촌이 학교를 발칵 뒤집어 놓았다. 종례를 하러 교실에 들어갔더니 아이들이 큰일 났다며 호들갑을 떨었다. 교실로 들이닥친 선봉이의 삼촌이 준기의 멱살을 잡고 끌고 나갔다는 거였다.

연락을 받은 준기의 부모님이 부랴부랴 학교로 뛰어왔다. 사색이 된 어머니를 본 순간, 준기는 서럽게 울기 시작했다. 녀석은 부모님이 선봉이 어머니 앞에서 머리를 조아리며 사죄를 하는 내내 하염없이 눈물을 흘렸다. 그 모습을 본 선봉이 어머니가 준기의 손을 꼭 잡고 다음부터 그러지 말라고 부탁한 후 집으로 돌아갔다.

1주일 동안 독서 지도를 받을 때 준기는 진실한 참회자의 얼굴을 보여 주었다. 그러나 교실로 돌아가서는 소아마비였던 동준에게 심부름을 시키고 조롱을 일삼는 등 비열한 행동을 했다. 그 사건으로 인해 나에게 지도를 받을 때에는 또다시 여리고 유약한 아이의 얼굴이 되어 있었다.

준기는 천의 얼굴을 가진 아이였다. 함께 밥을 먹을 때 내 식탁 앞에 수저를 깍듯하게 놓을 만큼 예의가 바른 아이였다. 절친한 친구였던 도영이에게는 연인을 대하듯 한없이 다정한 친구이기도 했다. 가장 인상적이었던 준기의 모습은 껌이 눌러붙어 있던 휴지통을 청소할 때였다. 준기는 그동안 내가 교직생활하면서 만난 아이들 중 청소를 제일 마음에 들게 하는 아이였다. 큰 덩치와 좋은 힘으로, 눌러 붙은 휴지나 샤프심을 처리하는 등 궂은일을 도맡아 처리하는 모습을 볼 때마다 참 멋져 보였다.

축구 시합을 할 때 대단한 주목을 받았던 준기는 교실에서의 소외를 견딜 수 없었던 것 같다. 준기의 무의식은 훼손된 자존감을 다른 아이들을 괴롭히면서 그들 위에 군림하는 것으로 만회하려 했는지도 모른다. 준기 같은 아이들은 대개 교과서 너

머로 숨은 채 투명 인간이 되려고 한다. 그들이 학교에서 '존재하지 않는 존재'가 되고 있는 까닭은 무엇일까. 교실에서의 상황을 자신이 통제할 수 없는 상황으로 인식하기 때문이다.

실제로 교실에서 권력을 갖고 있는 존재는 수업을 주도적으로 이끌어가는 교사다. 학생들은 기본적으로 천차만별의 교사들이 운전하는 '교실'이라는 버스에 실려 가는 '주변인'일 뿐이다. 중심에서 밀려난 주변적인 존재는 본능적으로 권력자를 두려워하게 된다. 그들은 침묵을 가장 안전한 처신이라고 판단하고 굳게 실천한다. 특히 우리나라의 교실처럼 상위권만을 대상으로 진행되는 수업에서는 많은 아이들이 침묵 속으로 침잠할 수밖에 없다.

우등생만이 빛을 발하는 교실에서는 80% 이상의 학생들이 비뚤어진 방식으로 자신의 존재를 증명하는, '지옥에서 온 학생'이 되거나 혹은 존재하지 않는 존재인 '비존재'가 될 수밖에 없다. 다행히도 요즘은 몇몇 학교에서 교실의 변화를 이끌기 시작한다. '협력 학습'과 '배움의 공동체 수업'이 그것이다. 나는 이러한 움직임들이 전국의 학교로 퍼져 나가는 모습을 상상해 본다. 그렇게 된다면 자기 주체성과 공동체 심성을 배우는 학교 본연의 모습을 되찾게 될 거고, 천의 얼굴을 가진 아이들이 저마다 제 빛을 발하는 교실이 이루어질 것이다. 그러한 날이 오기를 간절히 꿈꾸어 본다.

2학기를 마치며

기적이 찾아올 순간을 기다리며

아이들이 자기 삶의 주인으로 살기 바라는 마음은 어느 나라 부모든 다 같을 것이다. 또한 아이들의 진정한 자유를 위해서 때로는 자유를 제한해야 할 때도 있다고 생각할 것이다.

하지만 이상과 현실은 일상 속에서 끊임없이 갈등하고 충돌하기 마련이다. 하루하루 맞닥뜨리는 사소한 갈등과 심각한 긴장들은 부모가 생각하는 자유와 아이들이 생각하는 자유가 서로 다른 방향을 향하고 있다는 것을 보여 준다. 맹목적으로 '미래의 행복'을 보고 있는 부모와 근시안적으로 '오늘의 행복'을 보고 있는 자녀의 간극이 극에서 극으로 멀어지고 있는지도 모르겠다.

이 대극을 초월할 수 있는 강력한 힘이 필요하다는 생각이 든다. 우리의 좁은 가슴을 열고 대극을 품을 수 있게 하는 건 결국 사랑의 힘이다. 사랑의 품보다 더 넓은 것이 세상에는 없으니까 말이다. 모순과 대극을 껴안기 위해서는 사랑의 힘으로 역설을 받아들여야 한다. 나는 부모님과 아이들에게 다음과 같은 '역설 목록'을 만들어 볼 것을 제안하고 싶다.

- 성적이 올라가는 것은 좋다. 그러나 꿈이 무르익는 것은 더 좋다.
- 수학 공부를 꾸준히 하는 것은 좋다. 그러나 방 청소를 꾸준히 하는 것도 괜찮다.
- 선생님들의 칭찬을 받는 아이가 되는 것은 좋다. 그러나 친구들에게 신뢰를 받는 아이가 되는 것은 더 좋다.
- 영어 단어를 많이 외우는 것은 좋다. 그보다 더 좋은 것은 많이 웃는 것이다.
- 밤늦게까지 시험공부를 하는 것은 좋다. 그러나 충분히 자고 시험을 보는 것도 괜찮다.

- 좋은 직업을 갖는 것은 좋다. 그러나 행복한 직업을 갖는 것도 괜찮다.
- 자기주장을 잘 펼치는 것은 좋다. 그러나 잘 들어주는 사람이 되는 것은 더 좋다.
- 경쟁에서 밀리지 않는 사람이 되는 것은 좋다. 그러나 경쟁 속에서 상생을 이끌어 내는 사람이 되는 것은 더 좋다.
- 학업에 최선을 다하는 것은 중요하다. 그러나 사랑하고 사랑받는 관계를 잃지 않는 것은 더 중요하다.

오늘도 우리 아이들은 억눌린 자유와 부모의 억압이 충돌하는, 살얼음판 같은 하루를 살 것이다. 때때로 피를 말리는 긴장을 느끼며 가슴 깊은 바닥에서 사랑을 길어 올리기 위해 안간힘을 써야 할 때도 있다.

마음을 짓눌러 오는 고통을 허용하다 보면 언젠가 기적 같은 순간이 다가온다. 이때 고통을 견디는 것이 아니라, '허용하는' 것이 중요하다. 고통을 견디는 것과 허용하는 것은 다르다. 견딘다는 것은 사랑의 은총이 내려오기에는 아직 준비가 미흡한 상태를 뜻한다. 긴장과 고통을 허용할 때, 그 허용과 기다림 속으로 어느 순간 서로 마주 서 있는 마음을 통합하는 사랑이 찾아올 것이다.

마치는 글

성장의 한가운데 있는 아이들

우울한 얼굴로 학원 가방을 들고 다니는 아이들이 거리에 넘쳐난다. 집에서는 어떠한가. 함부로 구는 아이 때문에 마음 아파하는 부모들도 많다. 눈 질끈 감고 애써 부인하고 싶은 마음이 간절하지만, 우리의 가정에서 부모와 자식의 관계가 무너진 것은 오래전의 일이다. 학교 또한 가정만큼 아프다. 온몸에 돋아난 가시로 교사들을 찌르는 아이들. 우리는 아이들의 가시가 그들의 상처라는 걸 알고 있다.

부모들은 간절히 원하고 있을 것이다. 우리 아이들이 달라지기를. 교사들 또한 학생들이 달라지기를 염원하고 있다. 아이들이 달라질 수 있는 길은 있다. 서로 할퀴고 찌르며 피 흘리는 관계가 아니라 보듬어 주고 감싸 주며 사랑이 흐르는 관계가 될 수 있는 유일한 길이 있다. 그것은 쌍방의 관계에서 힘이 센 사람들이 달라지는 것이다.

어른과의 관계에서 아이들은 관계를 변화시킬 수 있는 능력이 거의 없다. 억압받는 아이들은 대개 세 개의 방식으로 대응할 뿐이다. 무력하게 순응하거나, 거칠게 반항하거나, 어중간하게 경멸하거나. 그러나 부모와 교사에게는 미약하나마 관계를 변화시킬 수 있는 힘이 있다.

세계의 변화를 5년 단위로 예측하는 '유엔 밀레니엄 보고서'에 따르면 교사의 정체성은 큰 변화를 맞이하고 있다. 인터넷에서 무한한 정보를 습득할 수 있는 시대에 교사는 더 이상 가르치고 지시하는 '티처teacher'가 아니다. 아이들 스스로 배움에 이르도록 길을 안내하고 돕는 '헬퍼helper'인 것이다. 이를테면 앞서 말했듯이 칼 융의 '사랑의 안내자' 역할이 그것이다.

앞으로 교사들에게는 조력자이자 안내자로서의 능력을 얻기 위한 부단한 연구가 요구된다. 교사가 헬퍼로서 아이들의 배움을 돕는 존재가 되면 교사와 학생의 관계는 건강하게 변할 것이다. 가정에서 자녀와의 관계를 회복시킬 수 있는 길 또한 부모가 변하는 길밖에 없다. TV 프로그램 〈우리 아이가 달라졌어요〉에서 마지막에 말해 주는 결론은 늘 동일하다.

부모가 달라질 때 아이도 자연스럽게 달라진다.

칼 융은 '부모가 느끼는 아이의 못난 점들은 대개 부모가 무의식 속에 꽁꽁 숨겨둔 열등한 성격일 경우가 많다'고 말한다. 내 경우가 그러했다. 나는 잘난 체를 잘하는 아이의 모습을 볼 때마다 매우 못마땅했다. 아이에게 겸손해져야 한다고 잔소리를 해 보았지만 아이는 좀처럼 고쳐지지 않았다. 나중에는 아이의 자만이 수치스러워서 견딜 수 없는 지경에 이르렀다. 그때 나를 구원해 준 것이 융의 말이었다.

내 속에 있는 것이 아니면 나를 괴롭히지 못한다.

아하! 나는 무릎을 쳤다. 아이가 갖고 있던 자랑과 오만은 나의 무의식 깊은 곳에 자리 잡고 있던 것들이었다. 자랑하고 싶고 남보다 우월하고 싶은 욕망은 내가 아이보다 더하면 더했지 결코 덜하지 않았다. 다만 그런 감정을 숨기는 능력이 뛰어났을 뿐이다. 그것을 인정하게 되자, 아이의 모습이 더 이상 나를 괴롭히지 않았다. 그럴수록 내가 더 부끄러워졌기 때문에 나는 헛소리로라도 남을 깎아내리거나 비난하는 말을 삼가려고 노력했다.

중학교는 이름대로 성장의 한가운데에 있는 기간이다. 중학교 3년의 그림을 그려 보면, 이전의 초등학교 고학년 모습과 이후의 고등학교 모습 또한 저절로 그려질 것이다. 눈에 보이는 아이들 모습은 작은 일부분일 뿐이고 그 밑에 거대한 그림이 있다는 사실을 잊지 말아야 한다.

나는 이런 그림을 상상해 본다. 정갈한 소반에 정성껏 차린 음식들이 있다. 모락모락 김이 오르는 흰 쌀밥이 있고, 뚝배기에서 된장찌개가 자글자글 끓고 있고, 바삭바삭하게 잘 구운

김이 있고, 냉이가 맛깔스럽게 버무려져 있다. 그리고 그 옆에 싱싱한 깍두기가 오롯이 놓여 있다. 깍두기는 쓸모없는 존재가 아니라, 그 존재만으로도 참되고 사랑스럽고 아름답다. 우리 아이들이 모두 그런 아이들이다.